KB237661

문학과지성 시인선 404

사랑이라는 재촉들

유종인 시집

문학과지성사

문학과지성사에서 펴낸 유종인의 시집

아껴 먹는 슬픔(2001)
교우록(2005)

문학과지성 시인선 404

사랑이라는 재촉들

초판 1쇄 발행 2011년 11월 21일
초판 2쇄 발행 2022년 11월 25일

지 은 이 유종인
펴 낸 이 이광호
펴 낸 곳 ㈜문학과지성사
등록번호 제1993-000098호
주   소 04034 서울 마포구 잔다리로7길 18(서교동 377-20)
전   화 02)338-7224
팩   스 02)323-4180(편집) 02)338-7221(영업)
전자우편 moonji@moonji.com
홈페이지 www.moonji.com

ⓒ 유종인, 2011. Printed in Seoul, Korea

ISBN 978-89-320-2253-6 03810

지은이는 2008년 문화예술위원회와 2009년 경기문화재단이 지원한
창작지원금을 수혜했습니다.

문학과지성 시인선 404

사랑이라는 재촉들

유종인

2011

시인의 말

적막과 미혹을 넘어
시(詩)여,
사랑이라는 정치,

천지사방—
버려진 것들의 무위(無爲)로
옹립하는,
나의 일인 소국(小國)이 번져갈
사랑이라는 정치,

시여, 깊은 숨을 나누어 쉬자.

2011년 가을 정발산(鼎鉢山)에서
유종인

사랑이라는 재촉들

차례

시인의 말

풀　7

버섯　8

섬돌　10

됫박　12

백골전서(白骨全書)　14

겨울 선자(扇子)　18

오래된 담요　20

오늘의 문장　22

간장 종지　24

모란 송사(送辭)　26

꼽추 여자 대추 따는 남편　28

휘종(徽宗) 생각　30

사용하지 않는 길　32

낮달　34

앵두를 거르다　36

손수건　38

신발 베개　40

현(玄)　42

연밥을 후비고 가는 새들　44

눈과 개　46

꽁무니를 보다　48

삶　50

맨밥　52

그 밤의 영정　54

콧병　56

마흔　58

살구 두 개가 있는 밤　60

석물(石物)　62

파도라는 거　64

봄의 강가　66

이끼　68

밤 인사　70

다시, 들리다　72

육교에서　73

생기　74

개복숭아나무의 저녁　76

야생란　78

술　81

부추꽃　82

사슴 시인 학교　84

다른 소리　86

먹기러기들　88

은수염　90

사랑은 현물(現物)이니　92

첫눈을 밟고　94

철(鐵)을 버리다 96

수세미외 98

부여 옛날국수집 100

입상(立像) 101

이끼 2 102

저녁에 스님이 스쳐 갔다 104

매화와 십자가 106

오동꽃 108

비옷 109

사인펜 110

횡보(橫步) 112

가을 114

토막 잔치 116

이중섭 지우개 119

시비(詩碑)를 멀리하다 120

싸락눈 122

잡곡 124

해설 | 현물(現物)의 사랑, 활물(活物)의 시 · 이선경 126

풀

무덤까지 와도 막히는 풀이 없다
묏등이 한 번 솟은 후에
다시금
초록을 들어 올려주니까

풀은 언제까지나 무덤을 쓰다듬는 노래니까
지구 땅 별에서 손을 뗀 적 없는
늘 푸른 집착이니까

주검보다 드센 곳에
하얀 풀뿌리가
높으니까

버섯

교회는 여러 해 전 망했다
뒤꼍에 버려진 십자가는
그게 나무인지라

후일담처럼
십자가에 느타리가 피었다

교회 예배에 한 번도 참석한 적 없는
저 여자의 남편은 발김쟁이고
자식들만 여럿인데

오늘에야 십자가를 새로 봤네
망한 십자가라면 무얼 더 매달랴마는
제 속에서 끌어낸 알심인 양
오동통한 느타리버섯들

잘 씻어 삶아 무쳐 먹자 애들아
아빠는 늦을 것이다

오늘부터 십자가는 한결 가벼워질 테다

섬돌

집은 돌아가고,
섬돌은 고령(高齡)이다

비가 와서
겨우내 이 어눌(語訥)에서 풀릴까 했는데
섬돌은
그저 밟히고 쓸려서
한 홉도 안 되는 말의 흙먼지들
깨져 나간 한 섬돌 틈서리에 비껴 놓는다

어디로 가라는 이 어눌함인가
오르고 내리는 비의 발걸음이
반듯하던 섬돌 하나
한편 기울어
봄비는
이승에 와 처음 기우는 말을 배웠는가

기울고 기운 마음이

밝히는 연애 하나,
어디로 스며
사랑의 잎눈이 트이겠다는 속삭임인가

맑히고 맑혀서
죽음조차 맑혀서
기운 섬돌에
이마받이하는 봄비의 종아리들,
누가 저 아찔한 각선미를
섬돌에서 내려 걷게 하겠는가

됫박

어느 날 화단에 버려진 낡은 됫박 하날 주웠지요
모서리가 깨지고 옆구리가 터진 걸
겨우 철사로 옭아매 썼던 날도 한참인 듯했지요
나는 눈에 익은 이 옹색한 애물을 가만 주워 들었
지요
사월의 화단은
야단을 맞고 쫓겨 나온 꽃들의 주둥이가 댓 발인데
허술한 됫박은 아직도 뱃구레가 훌쭉했지요
도둑고양이도 거들떠보지 않는 이 가난을
나무는 제 몸을 내줄 때 얼마나 마뜩지 않았을까요
그러나 사월의 됫박을 들고 오월의 꽃밭에 들어섰
을 때
나는 이 낡은 오지랖도
볼우물이 터지도록 인심을 옮겨 담던 선량(善良)인
걸 떠올렸지요
허술하고 미욱한 대로
계절을 놓친 봄꽃들은 아직 이마가 뜨거웠기에
그 화사한 절명(絶命)을 고봉으로 주워 담아 반그

늘에 부려주고요

어느 날은, 느닷없는 천뢰(天籟)의 말씀인 우박을 퍼 담아

겨울을 모르는 꽃밭 귀퉁이에 구메밥처럼 넣어주고요

연못의 금붕어들에게 천천히 녹여 먹으라 생색을 냈지요

허술한 대로 이 몸 한 됫박한테도

여독이 생기는 뿌듯한 하루였지요

백골전서(白骨全書)

어디서 이런 딱딱하고 민망한 뼈 공을 주워 왔누

상앗빛 이 해골은 제가 주워다 놓고 그 가져온 곳
몰라라

이미 자자한 육탈의 시간을 자셨을 유정한 아버지여,

그래도 늦된 기별은 캄캄한 땅속이라도 맛이 들어
먹을 만한지요

다시금 기억의 삽날 곡괭이질 소리를 반기는 아버
지여,

당신의 주검을 아주 잠깐 헛된 것으로 돌려세우나
이다

그러면 기억이란 다시금 황금빛 귤처럼 뼈에 살이
붙나이까

어찌 다시 돌아왔누, 이 해골은 또 무엇이겠누

  물어보시는 아버지 손에 족제비 붓 한 자루 쥐여드
리나이다

  오래전에 깨진 벼루 대신 갑오징어 먹물을 한 종지
내드리면

  이걸로 삶이 죽음보다 조금 더 검고 웅숭하다, 눈
빛 주시지 않겠습니까

  짐짓 이걸로 아비와 아들은 윤기 반지르르한 두개
골 위에 손을 포개 얹고

  반은 웃고 반을 울어서 살내와 송장 내가 서로 갈
마들어도 되겠나이다

짐짓 이 해골을 반기는 겨울 햇살이 뭔가 할 말이
있는 듯 환해질 때

아버지여, 행초서(行草書)의 말씀이 둥글게 익어가
는 지구의 언덕 저편으로

생의 붓끝을 넘겨갈 즈음, 아 졸음에 겨운 지구에
서 까딱 발이 떨어질 뻔한

제 머리를 뻥 뚫린 해골의 눈구멍은 깊이 쏘아보고
있었나이다

그예 두개골에 추깃물과 먹물을 섞어 써 내려간 아
버지여 당신의 적바림은

바람의 늡늡한 마음과 번뇌가 밝아오는 우레입니다
이 백골의 생각

다시 헬멧처럼 쓰고 여러 번뇌의 마을을 걸어가보
겠습니다 아버지여

갑오징어 먹물 종지에 너겁이 끼기 전 붓을 적시고
추깃물에 혀를 담근 채

제 백골의 얼굴에 번지는 눈물 바람을 당신 것처럼
바라보나이다

겨울 선자(扇子)
―자화상

오금을 펼 운(韻)을 띄우시게
오지랖은
상하(常夏)의 영혼에서만 왔단 말 거두게나

눈부시다 드맑다 흰하다
이 모두에 손때를 묻혀보는 일
내 생활이라면 좀 어떻겠나
칸칸이 접히고 좁히고 포개 얹었다
삽시간에 조갈 들린 강호(江湖)를 펼쳐,
근심이 잠든 얼굴에
명지바람을 들이게나

켜켜이 시간이 접힌 듯
옛일이 오롯해질 그 순간
천추(千秋)에 접혀 있는
작은 폭포와 거룻배와 초가와 물동이 인 여인 곁의
삽살개와 늙은 어부 낚싯대에 물린 샛강과
이 모두를 슬멋 끌어안다 놓친 듯 다시 안는 산 둘
레와

거기 미처 들이지 못한
정혁(鼎革)*의 소쩍새 소리도 털어 나오는 활개,
살아 있는 옛날인 듯
옛날이라도 바람을 숨긴
생색(生色)이
맞불어오는 여기 옛날인 듯

이건 홀로 부쳐도
만상(萬象)의 당신이 깨어날
겨울날 소복(素服)을 들추는 손길처럼
겨울날 소복을 어르는 음심(淫心)처럼
나여, 손 떨리는 나여

이 정신의 수전(手顫)은
당신이 주셨는가

* 나라의 솥을 바꿈, 혁명.

오래된 담요

골목을 돌아 나가는 트럭 짐칸의 사과들,
붉은 모란 옛 담요를 덮었다

설레듯 맹추위가
눈발을 퍼부을 때도
낡은 담요에 파도치는 붉은 모란들

저어기, 적재함에 실려 가는 저 검은
중고 피아노는
봉황의 날개 일렁이는 담요 외투를 걸쳤다

팔리는 것이라면
아무리 낡은 것이라도 무릇 신행(新行)이다

신부여, 늙은 신부여
어찌 아름다움이, 그 앳된 옛날에만 오롯하리

욕망들, 그 늙은 처지를 새로이 밝혀

이 모란 붉은 담요와 저 봉황 날개 일렁이는
담요의 처지는
구색이 찬란한 신행에 맞춤하다

그러니 새로운 정절(貞節)이 찾아온다
골목골목 신행의 늦된 맛이 돌아다닌다

오늘의 문장
—젖

개울물에 벼루를 씻다,*란 말 들으니
한겨울 흙집 바람벽에 흔들리는
마른 국화꽃 그림자나
두어 뼘 얻고 싶네

스님은 늦가을 개울물에 벼루를 씻었다는데
나는 새벽 욕실에서 내 양물을 씻은 적 있네

어제는 우연히 사람의 젖 종류를 살피다,
벼루와 단짝인 연적(硯滴)을 닮았다는
연적젖을 알게 됐으니
그걸 애틋한 동물처럼 그려보았네

연적을 젖 모양에 비유하다니,
나는 차라리 늙은 창녀의 늘어진 납작한 젖가슴을
벼루젖이라 부르려다 그만두네

하늘이 가난한 성욕에게 허락한 벼루 같은 그녀

의 젖,
　　적막한 외딴 손들이 먹돌처럼
　　거길 어르는 것도 치성이라서
　　나는 아직 살냄새가 묵향보다 종요롭고
　　고개 숙인 그대 살품에 파고들던 가을볕을 시샘했네

　　나는 한겨울을 비켜선 듯 웃어줄
　　시든 수레국화 무리 곁에
　　늡늡한 고향을 반 평쯤 데려다 눕히고
　　한 줌 가벼이 울고 싶네

* 법정(法頂) 스님의 산문집 소제목.

간장 종지

새벽까지 꼬부랑 번개가 몇 번 더 다녀가고
아이들은 이불을 뒤집어쓰고 천둥소리를 낮춰 듣고
아침은
기가 막히게 맑았다 새벽은 거짓말이었어
오늘은, 그렇게 거짓말을 씻었는데
아내가 뜬금없이 한 소리 한다

간장 종지를 하나 사야겠어,

그 말을 허우룩한 내 마음의 찬장에 넣을 수 없이
귀한 것처럼
아내 몰래 산 내 오리 연적(硯滴)을 어디다 둘까 두
리번거리듯
천둥이 뒹굴다 간 베란다 밖 허공에 잠시 있으라
할까
꼬부랑 번개가 밝혀 들었다 시침 떼는
비 잘 들이쳐 어머니 손길 잦던 부뚜막 언저리에,
샘이 많은 고양이의 얌전 곁에 잠시 앉혀둘까

이리저리 싱거워 못쓰겠는 내 시(詩)들 곁에 그늘
같은 혀로 머물라 할까
　뭐라 대꾸할 마련도 없이
　나는 등을 돌린 딴청이면서 그
　그 종지가 얼마만 하면 되겠나 괜히
　왼 손가락들 오무려 붙여 손바닥을 패어보는 것이다
　진땀이 모이는
　잔손금이 오글거리는 이 손바닥 종지를 오무려보니
　어딘가 모르게 짠맛이 다녀간다

모란 송사(送辭)

모란이 막 피었겠지
하고 갔을 때는
모란이 피를 쏟아 몸을 버린 다음이니,
모란을 기다리는 뜻은
모란을 먼가래하는 짬이었으니,
이 현대식 정자(亭子) 저편 허공과 번갈아
한 빛을 쓰는 오누이가 되었으니,

나보다 먼저 심장의 불을 끈 누이야,
부귀와 영화는
오월을 유리걸식하는 호랑나비의 날개로도 오지 않고
화왕(花王)은
아무런 유지도 없이 떠났다

그러니 모란은
허공이 잠시 얼굴을 붉힌 것,

지금은 오월이 어깨에 멘 배낭을 열어

초록의 꽃밭에 묵은 국화주 몇 병을 내는 시절,

모란이 가고도 저물어오는 저녁

모란이 머물던 허방 낮은 데

새뜻한 멧새 소리들 피어나는 저녁,

모래집에 모인 모래알들이

모란이 흩어져간 오후들만 겨끔내기 세고들 있다

꼽추 여자 대추 따는 남편

키도 웬만큼 추슬러야 꼽추도 되지

우리 아파트 사 층 사는 꼽추 아줌마는,
남편이
아파트 화단의 하나뿐인 대추나무 대추 따는 걸
그 뒤편에서
수양딸처럼 망을 봐주고 있다

키 웬만한 남편이
아파트 화단에 하나뿐인 대추나무 대추 따는 걸
차마 들킬까 조마조마한 이 가을날
자신이 꼽추인 것도 꼽추인 거지만 새삼
남편이
꼽추 여자 남편이라는 걸 세상에
들킬까 봐, 호랑이 눈을 뜨고
높아진 가을 하늘을 기어코 문신 눈썹 가까이 끌어
내려선
입단속을 시킨다

원경(遠景)을
근경(近景)처럼 당겨 보는
꼽추 여자
망루처럼 삼엄한 눈길

꼽추 여자
혹, 들키기라도 하면
등짝에 솟은 호박 등(燈) 하나
얼른 꺼내주고 훤칠한 남편 얼른 등 뒤로 돌려 감
출 것 같은
꼽추 여자,
제 남편 대추나무 대추 서리하는 가을 버릇을
하느님도 새파랗게 질려
입 밖에 못 내고
검붉은 대추만 파양(罷養)하듯 내주시겠네

휘종(徽宗) 생각

혼자 점심 먹다가 들킨 듯이
창밖에 눈보라가 몰려 아우성이다
천하의 변방인 내게
이 무슨 쇄도하는 팬 사인회 요청인지,
나는 두 손을 벼랑 너머로 내밀어
그저 반갑다 쓴다
그저 잘 왔다 써준다

　벼랑으로, 벼랑 아래로 산뜻하게 소풍 내리 닿는
눈발 속에 왕벚나무 하나 눈에 드는 건, 웬 멧비둘기
가슴 털 부풀리며 앉은 게 그만해서다 산속이 새삼
적막하드나 못 견디게 굴풋하드나, 꼭 누군가 그려주
십사 하는 멧비둘기 뒤태를, 닮은 도구도(桃鳩圖)

　거 누가 당신처럼 옥좌에서도 그리기만 했다면
　그건 정치(政治)라는 줄가리가 가닿을 수 없는 산수
(山水)를 알아서지,
　아예 눈 감고, 아비와 아들이 이웃 나라에 몰락을

바쳤으니*

　그림 몇 점은 전리(戰利)에도 살아남았겠다
　복사꽃 가지에 염주비둘기 한 마리—,
　그만 오랜 관음과 수수방관의 정치를
　저 중원 사막에 부려놓고

　휘종 아저씨, 우리 북송(北宋) 마을을 떠나
　포장마차에서 찬 소주잔 부딪혔지
　눈 더미에 늘어진 비닐 천장을 술병으로 찌르며
　휘종 아저씨 우리 수전증이 닮아
　서로 손 떨며 웃었지

* 아비 휘종과 아들 흠종(欽宗)의 재위 1127년, 여진족이 수도
　카이펑〔開封〕을 점령하고 북송을 멸망시킴.

사용하지 않는 길

사람들이 잘 사용하지 않는 길을
나는 가졌다 그 길 끝에
부처도 보살도 모시지 않는 비구니가
웃풍이 센 집에 혼자 머문다 했다

비구니, 오래 눈길 주는 게 차 밭이라
초가을 햇살의 발목인가, 그 회목에는
언제가 제철인가 모르는 흰 차꽃이 달렸다
땅바닥 가까이 달려서, 피고 지는 일을
하나로 얼버무리는 꽃이구나
내 이마가 선득했다

어쩐 일인가 그 외딴집엔 끝까지 가지 못했다
산자락 그 단풍 든 산그늘을 말아 쥔 듯한 집,
비구니는
그 이름만으로 아직도 내겐 비린 성(性)이어서
가끔은 눈발 치는 겨울 어스름 녘
길을 지워버린 산그늘 비구니 집으로

돋친 생각에 불목하니처럼 올라갈지도 몰라
그러나 이미 세상 뜬 비구니
누구도, 아무도, 차마 기다리지 않듯
사용하지 않는 그 길 끝에
숨결 날아간 송장메뚜기처럼 앉아 있을지 몰라

낯달

저 줄어드는 사창가 골목 끝엔
개오동나무가
코끼리 귀 같은 잎사귀를 너풀거리고 있을 거라 여
깁니다
여자들 사라지면 개오동 사내도 없을

아무리 추워도 저 사창가엔
불만 밝혀야겠습니다
큰불이 붙어선 아니 됩니다

한여름엔 늪에서 딴 홍련(紅蓮) 백련(白蓮)을 벽
에 걸어둔
아가씨들이
화대도 없는 사내들에게 제 속살처럼
홍련 백련 꽃 한 점씩 떼어줍니다

가끔은 뜨내기장수들 사창 골목에 듭니다
화장품 장수와 방물장수, 떡장수와 묵 장수까지

몸 파는 아가씨들에 섞여봅니다
그러면 막다른 인생이란 없습니다

그예 혼자 저무는 몸 없다고
몸이 몸에 끌리는 왁자함이 있어야겠다고
살을 섞어야 저 달처럼 저물고
다시 돋는 살이 있을 게라고
뭐, 더 사고 싶은 것도 없는데 기웃거리는 맘
골목엔 낮달이 가차이 높습니다

앵두를 거르다

한낮 졸음에 꾸벅거린 사이
앵두가 다녀갔다
앵두의 맑디맑은 충혈(充血)이 다녀갔다
그 충혈의 졸망한 심장들을
같이 두근거려주지 못했다

손끝 하나
건드리지 않았다는 말이
가만히 서운한 건 그게 순수가 아니라
오히려 적막한 불륜에 먹혔기 때문이다

눈빛으로라도 따 주었어야 했어
먹물 든 손으로
구겨진 지폐를 펴던 손으로도
따 먹었어야 했어

눈빛만은 누추(陋醜)가 깃들지 않은 거지 사내,
가슴만은 상사(相思)가 시들지 않은 노숙 여인,
그때 얼굴 고스란한 한 손을 빼앗아
충혈의 이 지나간 것들을 담뿍,

다시 불러
그 노숙의 거지 여자 손 우물에
옛것 중에 가장 앳된 옛것들로
충혈이 오듯이
이걸 담아주어야지

손수건

땀내가 잔뜩 밴 낡은 손수건을
약수터 아랫물에 빨아 헹궈서는
소나무 사이 한 바위 등짝에 널었습니다

새삼 그렇게 손수건을 펼쳐 널어놓으니
바위도 선뜩했는가 등골을 오싹 세울 듯합니다

손수건은 손수건대로
낯설고 민망했는지 바람결에
호주머니의 속사정으로 차곡차곡 접혀 들려 합니다
나는 그런 손수건에게 오지랖을 일러주고 싶습니다

땀과 침과 눈물과 피와 하품을 닦아 가리던
내게는 이런 한 장의 면식(面識)이
꼭 미라가 된 당신의 품 안에서 날아온 듯합니다

어디 안타까운 서러운 이에게
내 두 뺨의 살을 살짝 떠낸 듯한

서늘함을 드리는 일을
나는 다 말할 수 없을 듯합니다

신발 베개

1

다리가 아팠다
숲길에는
버력돌이 닳고 닳은 이마를 보여주어도,
나는 한숨 고요의 단청(丹靑) 같은
낮잠을 얻기로,

걸어온, 신발 밑창을 서로 대면하듯 맞붙여 베고는
귀에 걸리는
냄새의 야사(野史)를 열 개의 발가락보다 더
많이 귓바퀴에 걸어보는 것인데

2

멀리
당신이

아주 머얼리 가신다 했을 때
그 신발들을
나는 사족(蛇足)인 양 그러모아 태웠으니

어머니 발가락 냄새
아버지 발꼬락 냄새

당신 발바닥에 어린 내 발바닥 맞춰보며 웃던 일
있었는가 몰라도

풀밭 지나 너덜 지나
신발을 베고 누우면
뒷목에 차오르는
먼저 간 신발들의
낮은 말소리

현(玄)

밤새 자드락비를 맞은 신갈나무들은
줄기 가지가
거뭇거뭇하다

칙칙하고 검은 그 줄기 가지에서
나온 연초록 이파리들은
너무 환하고 싱싱해서
나를 늙힌다

배신이야
단죄(斷 罪)를 주려 해도 단죄가 되지 않는다

저 거뭇거뭇한 줄기 가지에서
도망쳐 나온 듯
그러나 영 도망칠 생각은 아닌 듯
막무가내의 아비로부터
숨죽인 어미로부터
신혼의 새뜻한 빛깔만 우려 나온 자식들처럼,

저 거뭇거뭇한 빛깔의 상좌(上佐)에 나를 좀 끼워
넣어줘, 아니
그 거뭇한 빛깔의 깊이에
숱한 우여곡절들 얼마나 배었는지
그저 행자(行者)처럼 입문(入門)시켜줘

한 빛깔로만 늙을 수 없는 나나 당신이나
한 빛깔로만 오지 않는 슬픔이나 고통이나
그 모두를 한 빛깔로 모아들였다
다시 우려내주는 저 거뭇거뭇한 빛이,
어디 빛만 쌓였다 할 수 있겠나

이건 아무래도 울음이 쌓이고도 웃음이 트이는
공방(工房)이지, 검은 손수건에서
흰 비둘기들이 마구마구 활개쳐 나오는
이건 아무래도 공방의 깊이지

연밥을 후비고 가는 새들

세상에는 자리도 없이 서서 먹는 연탄갈비 집도 있
다는데

찬 이슬 내린 호숫가 연밭에는

허리가 꺾인 연밥 줄기와 후벼 파진 연밥 들이

그제야 앉을깨도 없는 밥상을 보여줬습니다

무슨 말인가요, 하고 햇살이 당깁니다

인기척이 없는 한밤중이나 새벽에

꼭 밥상을 차려 먹어야 하는 무리가 있습니다

그럴 때 새들의 날개는

날아오르지도 내려앉지도 못하는 그 어중간함의 공

중을 몹시도 다독입니다

허방이 아닌 투명한 구들방 하나 허공중에 들인 듯

나락을 짚고도 날개는 제 몸을 솟구쳐 올라 이내

나락의 호수 물 쪽으로 갈큇발 한쪽을 내립니다

오목한 연잎 한가운데로 모이는 이슬들

몸만 섞어도 저절로 배가 부른 맑은 체위가

연잎을 흔드는 새벽어둠 속에서

하늘 밭을 가느라 지친 새들의 곁두리 곁에 둘

칡넝쿨 방석 하날 엮느라 나의 새벽잠은 가만히 손
을 내밀고 싶었습니다

눈과 개

눈이 오는데
나에겐 개가 없다

함박눈이 오는데 풀어줄 개가 없는 건
세상에
눈물이 비치는 외도(外道)가 없다는 거다

풀어준 쇠사슬은 시멘트 바닥에 쩍쩍 얼어붙어도
소나무가 이리저리 허리를 뒤트는
지구 저편 언덕까지 돌다 오라

눈밭에 가면
개야, 개야, 개야, 개 아닌 게 없는 개야
오종종오종종 개 발자국 꽃밭이 한창이다

개 하나로 성스러운 개야
함박눈 허공에 앞발을 높이 쳐드는
신명(神命) 하나만은 혁명 급(級)인 개야

네 몸속의 심장사상충마저 기뻐 날뛰는 개야

함박눈이 오는데
개를 풀어주는 건
사랑의 들판이 어디까지인가 꼬리쳐 헤매는 것

눈 온 날 천지가 신혼(新婚)인 개야
모든 인간의 악담을 대신 받아 모신
눈이 오면 인간의 굴레가 풀리고
오직 너 하나만 살린, 오로지 개 하나뿐인 개야

꽁무니를 보다

노을이, 노을 중에서도 가장 환장하게 밝아질 때가
있다
그때가
석양(夕陽)에게는 중천(中天)인데

저만치 야트막한 정발산 산기슭을 한 부부가 앞서
거니 뒤서거니
올라갈 때, 그 사이 털북숭이 개가 한 마리 끼어
더부룩이 올라갈 때,
그 꽁무니를
솔숲을 번져 나온 석양빛이 환하게 비춘다
아니 비춘다기보다는 밝힌다
너무 밝히다 보니
그 꽁무니에 감춘 암컷마저 환한 핏빛인데

나무 그늘에 가려 암컷이 점점 깊이 가려질 때까지
노을빛은 한동안
암컷이 떠난 그 산기슭 허공의 암내 으슥한 데만

밝힌다
    이리저리 핥고 빨고 들여다보는 양이
    참 간절한 에미의 눈빛에 걸린 듯
    저질이 아니라 맑은 윗질로 환했다

    노을이, 노을 가운데서도 가장 환하게 저무는 때가
있다
    그때가
    중천이, 석양의 꽁무니를 애틋이 참견하는 때다

삵

초록이 우북해졌다

꽃이 진다는 말을 잎사귀로 가리고

꽃들이 숨는다

다른 연애가 있는 모양이다

다른 병치레에 몸을 주러 가는 모양이다

영산홍 철쭉꽃 만첩조팝꽃

눈에 지는 몇 꽃은

그래도 숨는다 말꼬리를 흘리며,

땅에 듣는 그 꽃의 혼백이 갈릴 땐

꽃자루 헐거워진 그 틈새로

뱃구레가 홀쭉한 삶이 든단다

떠날 꽃 떠도는 꽃에 울음도 가벼운

노회한 삶이

초승달 같은 발톱을 숨겨 든단다

맨밥

비설거지도 없이, 저 벚꽃은
한데서 순애보를 화창하게 열었으니
비 맞는 저걸 대승(大乘)이라 불러야 하나

나는, 냉수에 밥 말아 먹고 골목에 나와
죽은 이들 이름을 우물우물 불러보았다
그 묵은 맘씨들이 선선하였다

빗발이
애기 초록의 산기슭을 돌아가느라
잠시 연둣빛 입술을 가졌어도
그건 오롯이 바라만 보는 입술이라는 생각,

저 산벚꽃나무에 개금불사(改金佛事)하듯
달려드는 오후의 설핏한 햇살에도 뭔가
덧붙일 게 없다는 생각,

저 꽃들은 밥 한술 못 뜨고도 환한데

나는 대궁밥 한술 얻으려
내 안에 꽃만 짓밟는다는 생각,

생각은 샛길뿐이어서
버릇길 앞에 마음은
맨밥도 울컥 토할 줄 알아야
꽃 같아질 거라는 생각도, 다 피우지 못했다

그 밤의 영정

웃고 있다
도무지 나오지 않는 얼굴로 웃고 있다

잘린 꽃들의 상부(上部)가 와서
숨을 놓은 당신의 얼굴을 에두르면서
오, 당신은 이제
시간의 뿌리, 그 아랫도리를 놓고
춥고 쌀쌀한 날 빗소리를 들일 아랫목을 놓고
아, 생의 시퍼런 들판 남도(南道)는 한 번 더 못 내
려가고
혼백이 나뉜 꽃과 얼굴로
당신은

그 밤의 화안한 독거 화실(畫室)처럼
아랫도리가 잘린 꽃들에 둘러싸여
당신은 마음 없이 웃고
나는 취하면 안 되는데 걱정하며 취해갔다
하룻밤 사이,

우리는 뭔가 서로 다른 나라의 시민이 되어

아침이 와도
밀고 당길 문을 당신은 가지지 못했다
편편이 기억이거나 그늘이다
꽃을 들이밀어도 손으로 받지 않고
오래도록 문밖에 세워놓는다
영원도 모르고 영원에 던져진 당신,
영원을 손쓸 일 아득타

콧병

내가 삼십 년 넘게 앓는 콧병을
딸애가 비슷하게 앓기 시작하는, 이런 개시(開始)
는 불우(不遇)다
나도 여태 못 고친 것을
딸애가 설마 대신 고쳐보겠다고
저렇듯 앓는 것도 아닌데 사월의
모든 꽃 핀 꽃나무에게 물어보아도
꽃은 피었다 하면 지는 게
가차 없는 대답일 뿐 콧방귀도 없다

야생의, 너구리와 들개와 토끼와
뱀 들은 어떻게 이런 콧병이 없나
콧병이 오면 저놈들은
이런 만성(慢性)의 괴로움을
몸을 죽여 없애겠다 최후통첩으로 물리쳤나

수술을 여섯 번이나 하였다
양약을 몇 가마는 먹었다

누구는 탁 트인 숨길로도 악행이 바쁘고
나에겐 더디고 더딘 병치레가 선행인가
딸애의 콧병 앞에서도 아비의 콧병이
싱글벙글 대단찮은 표정으로 흘려버리니
그렇게 꽃 같은 사월로 지나가란 신호지만,

고통은 늘 게으름의 터전,
그에게 꽃은 너무 빠르다 숨도 못 쉴 향기다
병문안마다 그 빠른 꽃들을 데려가는 이유다
고통이 속절없이 빨리 지라는 꽃이다
그만 숨길을 열어주라는 울긋불긋한 미인계다

마흔

마흔이 돼서
내게
술 한잔 사주고 싶은
나의 맘이란,

마흔을 채운
마흔 미만의 숱한 미망의 아전(衙前)들,
누가 누굴 부리고
다스리는
관리(官吏)가 되지 않는 것

출세해도
여전히
출세하지 않은 허릅숭이
숨은
새 울음소리

변두리를 노는

별정직의
낡은 자전거처럼,

불혹에 들어섰다는
그 서릿발을 피해,
이제야 본격적으로
아닌 밤중에 새벽에
전격적으로
당신께 혹(惑)해버리고 싶은,

혹세(惑世)라는 말에
나는 연애 감정을 느꼈다

살구 두 개가 있는 밤

늦봄마저 다 물렀겠지
살구 두 개가 냉장고에 남은 걸 알듯이
늦된 시간이 어물쩍
그걸 늦된 살구에 맡겨놓았다는 듯이

베란다 창밖을 내다보니
달은, 누가 저들만의 밤 회식 자리에 불러 간 모양
이다
누가 은쟁반도 받치지 않고 가져갔나

나는 살구의 유감(有感)을 먹는다
엊그제가 발인인 당신은
혀가 굳어 이 살구를 맛볼 수 없고
짐짓 천지간(天地間)의 모오든 것들이
당신을 맛볼 차례니,
당신의 유감은 캄캄하게 여러 맛이다
묵묵하겠다

살구 두 개가
비리고 시고 달콤한 속속들이 유감을
내게 옮기는 사이, 달은
어느 밤의 회식에서 돌아와 슬쩍 구름 미닫이를 당
긴다
유감이 만면(滿面)하다
이미 달을 맛본 당신이,
내 사랑의 완곡(緩曲)을 훤히
한끝 유감이, 휜다

석물(石物)
―피

무엇에 베였는지
약지 끝에 피가 났다가
아물어갔다

피가 멈추고 벌어진 살이 다물어지니,
오래 입이 무거워진 것도 기특하다
발설(發說)도 없이
나는 입을 다문다

그렇게 다물어진
오래전, 하마 오래된 듯 모르게
다물어진
돌덩이 하나를 나는 엊그제 밤에 데리고 왔다
풍란과 석곡(石斛)* 몇 촉을 더할 석부작(石附作)
이 요량이지만,
며칠 두고 보니
몇천 년 두고 때깔 불그레한 게
단순 취기만은 아니다

온몸으로
피가 고민하듯 아물어간 게
만년 굳히고 굳힌
피의 말이 있었겠다

굳이 피를 봤느냐, 말을 얻었느냐
묻지 않았으니
요령부득이 울퉁불퉁, 즐겁다

* 풍란의 일종.

파도라는 거

절벽 끝에서도 들풀은 달린다
끝까지
바람을 배웅하듯이

저만치, 바다는 파도의 갈기로 수컷이 되었다가
섬들을 낳은
수평선으로 암컷이 되었다가

그걸 바라보는 나는
파도 등쌀에 못 살겠다 헛말을 한다
파도의 등쌀, 그걸 가슴에 들여보니
사랑은
끊이지 않는
마음의 등쌀이려니 한다

그래도 남는 파도의 등쌀은
등글개첩처럼
등글개첩처럼

　　한편 겨운 마음 절벽이 가렵고도 가파른 등을 내
주며
　　밤이, 새도록 데리고 논다

　　날 밝으면
　　절벽 가까이 가라말 하나 찾아와
　　파도에게 배운 헛말로
　　파도에게 투레질을 한다
　　나도 네발 달린
　　파도 한 마장이라며

봄의 강가

언제 적 곡두라는 말 새로 들으니
귀신이란 말 너무 큼큼해
샛강가 바위 밑에
숨어 살라 하고

영구치가 치받아 가만히 유치(幼齒)가 흔들리는
딸이 둘, 그 두 딸에
눈독이 지긋한
아내가
하나,
한나절 춘란(春蘭)의 고백 같은 꽃대의 가만한 졸
음 곁에
슬픔의 데릴사위처럼 어눌한 내가
여럿,

봄이 거위영장처럼 다니러 오는
강가에 앉으면
혁명이나 팔자거나 숙명이나 간에

모두
눈이 흐려오는, 앞 강물을 눈이 밝은 뒤 강물이 가
만히 밀어내듯이

맹목(盲目)도 사랑의 쪽매이었지
그걸 깨우치겠다고
봄이 와선
귀류(鬼柳)라 불리던 저 수양버들 치렁한 가지에
슬쩍 살짝 뺨을 맞고 선
넋보 같은 나도 있다니

그러면, 딴청 피우듯
딴청을 따돌리고
다시 흘러오는 물살의 눈매와
늙으나 고운 사랑의 아득한 눈매도
뺨에 스치는 버들잎처럼 갈마들어 오겠지

이끼

이건 먼 산그늘의 목소리다

가끔 당신은 당신의 호주머니를 내게 털어

이끼 한 줌 싸 왔다는 말,

백 년을 걸어 싸 들고 온 당신의 도시락 속에

이끼 한 홉 담아 왔다는 말,

처마 바깥으로 손 내밀어 자드락비에 적시면

다시 깨어날 당신의 가슴 그늘이

아직 습습하게 숨소리를 품었다는 말,

이건 먼 산 이내〔嵐〕의 눈빛이

호랑이 발에 지그시 눌렸다 깨어난 전갈이다

이끼 한 뼘 쓰다듬고 왔다는 말,

너무 크게 숨 쉬면 사랑이 발을 가질까 달아날까

꽃도 부처도 놔두고 온 초록의 적멸보궁이다

밤 인사

어둑해진 폐교 앞마당에서 시 낭송을 듣는데
나는 건성이고 잔디밭의 저이들은
제법 솔깃한 귀를 가졌다

잔디밭에 뿌리 뽑힌 호박 넝쿨처럼 앉은 저이들은
어디서 귀를 가지고 왔는지 모르게 귀가 솟고
내 건성 귓바퀴엔
여름을 꼴깍 넘긴 밤새 소리가 두런두런 걸려들고
내가 목이 출출한 벅수처럼 서 있다 보니

풀밭 한가운데 놓인 소주 박스에서
갓난쟁이 업은 여인이 소주 두 병을 부끄러운 듯
뽑아드는 거였다
어둠 풀밭에 목이 타서 묵묵히 앉아 있는 서방님
생각엔 듯
시 낭송에 걸린 귀들이 풀밭 여기저기에 묵묵해도
목을 적셔야 맘에 도는 말도 있겠다 수배에 나선

풀밭에 놓인 술 박스에서 소주 꺼내느라 허리 잠깐
숙인
그 수줍은 여인네의 가슴골 인사를
나는 먼발치서도 너끈히 받았다 그 여인네 등에 업
힌 갓난쟁이의
초저녁잠이 덩달아 기울어져 건네는 밤의 인사도
통성명도 없이 두루뭉수리 먼발치로 받았다
때마침 밤새 소리가 여울지듯 번져 나의 시 낭송은
다른 곳에 있다고 차마 새의 목청으로 흉내 내지는
못했다

다시, 들리다

까치가 삭정이를 물고 간다

푸른 나무 사이를
날아
나뭇가지를 물어 나르는 일로
까치 소리가 나지 않는다

다시 들린, 죽은 나뭇가지들
높은 생가지에
물오르는 일 없이 쌓여간다
저희가 죽은 줄도 모르는 나뭇가지들
서로 어깨 겯고 한 둥지 지어 입힌다

꽃 피우고 잎 내미는 일만 가지랴
죽은 줄도 모르고 의지 가지가 되겠다
배다른 나무 우듬지에, 죽은 나뭇가지들
소풍(逍風)이 높다

육교에서

나는, 방금 옆구리가 터진 모래 한 자루를 내려놓고
거기다 백일홍 씨앗과 밤톨을 심은 듯
그러나 거기 물 한 주전자도 기울이지 못한
맘의 분을 못 삭이고,
어디 마주할 옛 얼굴도 없이
숨겨놓은 옛 웃음을 비추는 거울이
허공을 건너왔으면 하고,
곰보도 곰배팔이도 넛보도 계명워리도
스무 날에 한 번은 허공 위에 헹가래를 쳐주는 이
길이었으면 하고,

봉충걸음인 그대가 허공에서 걸어 내려왔으면 하고,
새벽엔 옴두꺼비와 유혈목이가
안개 이불 아래
눈물 반 신음 반 흘레붙고
기쁜 눈두덩이 부어
웃음만을 동냥한 거지가 하늘로 오르는
둥근 침대의 길이었으면 하고

생기

차에 치인 그 고양이 누가 끌어다 묻었나, 새삼 떠
올릴 때

저 고양이 임신했나 봐, 당신은 말문을 연다

일요일 한낮의 골목길을 감아 도는 승용차 안

사파리, 적막의 사파리 여행 속으로

화단의 말라 죽은 국화 옆에서 새끼 밴 고양이가
나타났다

사라져서 문득 고양이들의 체위가 궁금했는데

교미(交尾), 꼬리를 잠시 치우고 저들은 흘레붙으
리라

지붕이 우박을 맞은 듯 소란스러워지고

고요만이 지키는 저들의 흘레 곁에 마지막

가을꽃들은 넋을 놓고 겨울의 문지방에 이마를 찧
으리라

거리에서 맺은 인연이라 더 이상 버릴 자식이 없으
리라

고물고물 눈 감은 새끼들이 비어져 나올

새끼 밴 고양이가 제 불두덩을 한참 동안 혀로 핥
고 있다

설핏해진 오후의 햇살이 조명처럼 거길 오래 비춰
주고 있다

개복숭아나무의 저녁

개복숭아나무가 꽃을 피워 연못가에 서 있는데
개구리 소리인가 맹꽁이 소리인가
서로 섞어 울어도
억울해질 일은 아닌데, 개복숭아꽃은
아주 먼 데를 끌어보고 싶은
분홍빛, 어둑해도 간절한 분홍빛!

누가 먼저 돌을 맞을 것인가
조심스런 발소리에 목청이 가라앉는
개구리와 맹꽁이 소리 들을
하루 종일 봄볕에 달궈진 버력들은
겨울날, 한 오 리 안팎 눈 내린 들판에 풀어낼 수 있
으려나

개구리 지청구에 맹꽁이 농지거리
맹꽁이 울음에 개구리 웃음소리

그래도 저무는 건 어떤 맛인가

여전히 환한 저 개복숭아꽃 덜 저문 것도
여기 아닌 데 데려갈 빛깔이 남아서인가

그때 목청 큰 호박벌 하나가
뒤미처 도화 기루(妓樓)에서 쫓겨나듯
분홍빛에서 검은 엉덩이 가까스로 떨쳐 나올 때
저녁은 그제야 어둠이 제짝인 저녁이 된다
개복숭아나무 혼자 제 꽃빛에 맞는 도화살 저녁이
된다

야생란

원래 촌것들인데
춘란(春蘭)을
오일장에서 사와 화분에 담다 보니,
끊겨 보였다
벋어나간 촉(燭)들 잎새는 누가 갉아 먹었나

내 감상을
내 고답(高踏)과 의고(擬古)를
아예 눈 뜨고 갉아 먹은 고라니, 멧토끼의
이빨 자국이
사군자(四君子)의 일부(一部)를 아예 밥벌이로 그
르치는 생심(生心)이 역력했어도
　그 끊긴 곡선의 이빨 자국을 얼마든 사랑해주어도
모자란 듯이

끊긴 난초 잎 한두 마디의
이빨 자국을
끊어서 데려간 놈들의 되새김질은

그저 밥벌이, 아무런 멋도 모르는
고라니, 멧토끼들의 순수한 밥벌이 풍류(風流),
그 난초 잎의 맛대가리와 그 산짐승들의 위장에 든
사군자 난초의 일부, 그 초록의 일부를 덜어간 되새김질을
나도 되새김질하듯 떠올리는 것도 뒤늦은 풍류,

사라진 잎은 어디까지가 완성일까, 물만 주는 게
물 주는 것도 한 법(法)인
이 난초들이
먼저 들판에 새까만 토끼 똥으로 동글동글
뭉텅뭉텅 윤기 도는 고라니 똥으로
흩어져 마르는 봄날, 겨울은
저 홀로 빼어난 초록 난초 잎새를
갉아대는 밥벌이의
끊긴 듯 되새기는 곡선의 맛,

나는 그저 물을 준다 미처

동물의 숨결이 되지 못한
이 춘란의 일부에 물을 준다
이 춘란의 나머지 초록에, 물을 댄다

술

유월 어느 날,
마흔 줄의 남편을 하늘에 주고

누이는,
신(神)처럼 술을 받았다

부추꽃

일산 오일장에 나섰다
오늘도 거지반 맥장꾼의 신세, 아내는
마트나 백화점 정품(正品)에만 가던 눈길 어리눅어
견물(見物)이 조금씩 트이고
생심(生心)은
새끼를 치듯 옆구리에 물건을 딸린다

호객이 마치 즐거운 호통처럼
한낮을 깨울 때,

그 오붓한 장터에도 변두리가 생겨
늙은이 중에 상늙은이들 차지,
그중 가장 호젓한 생심은
죽음이 호랑이 눈을 뜨고 그림자처럼 곁에 앉았는데
뭘 좀 팔겠다고 나앉은 것, 그 곁에 또 한 생심은
그 가냘프고 여리고 굽고 힘없는 상늙은이들이 내
놓은 푸성귀를
몽땅 다 사지는 않고 눈요기하다 지나치는 중늙은

이들 속셈,
    그러다 언뜻 눈에 밟히는 건
    시든 부추 한 단에 낀 부추꽃 흰 꽃대의 눈빛들,
    저걸, 저걸, 저걸……
    밑동이 잘린 줄도 모르고 뼛속같이 흰 부추꽃이
    섞여든 것, 그걸 살까 말까 망설이는 내 생심은,

    명치 끝에 치받아둘 수도 없는 희디흰
    저 부추꽃은
    화병에 꽂기엔 너무 허리가 연한 저것을
    나 말고 낮달이 조금 헛것처럼 보고,
    졸음 오는 할매 손등의
    저승꽃이 거뭇거뭇 마주 바라볼까

사슴 시인 학교

사람들은 한마디씩 말을 가지고 떠났다
시냇물이 가깝던 그 시인 학교는 문을 닫았다
물소리가 나의 침묵을 살았다

뒤늦게 사슴을 기르던 여인이 찾아와 폐교에 항의
했다
아직 머리에 관(冠)을 얹지 못한 말들이 많다고
여인은 머리가 하얗게 세는 줄도 모르고
나의 침묵에 문(門)을 내고 방을 들이자며 종주먹
질을 하다 갔다

그러던 어느 날, 여인 대신 그녀가 기르던 덩치 큰
사슴이 찾아왔다
말을 가지진 못했으나 다부진 관을 쓴 엘크였다
동경(憧憬)의 태가 아주 없진 않아서 그 눈엔 슬픔
과 이국(異國)이 살았다
말을 경계할 땐 뿔을 들이밀고
말이 친근할 땐 검은 코를 벌름거렸다

그런데 무얼 어떻게 가르친담, 이 녀석
긴 목에 타고난 준족인 이 야생(野生)을
비좁은 우리의 말로 길들이기 어려운데,
구름에 가린 초승달을 가리키면 붉은 잇몸을 드러
내며 울었다

이제 너의 울음도 뿔이 가리키는 대로 향기로운 관
을 가졌으니
이리 와, 네 숨결이 시들지 않을 만큼만 생피를 덜
어다오
나의 말은, 일찍이 사람의 피를 그렸으나
외설의 시비에 던져졌으니 어쩌겠는가
놀란 너희의 피로 잠든 오지(奧地)의 마음을 깨워
야 했으니

다른 소리

저녁 까치들이 약수터 한쪽 공터에 내려앉았다
어디서 한뎃밥을 몸에 부리고 온 놈도 있어 보이고
그렇지 못해 전전긍긍해 보이는 놈도 있다

왠지 배부른 놈은,
사뿐사뿐 낮은 허공을 계단처럼 올라갔다 내려오고
어딘지 주린 놈은,
경중경중 주변 땅바닥을 두리번거리며 훑고 다닌다

이렇게 모이기도 쉽지 않은 저녁이라는 듯이
까치들도 한결같은 목소리를 내는 저녁인데,
아, 저만치 까치 두 녀석이
무엇 때문인지 푸닥거리하듯 싸우고 있다

내가 매양 들어오던 그 까치 소리가 아니다
까치들보다 더 놀란 나는
그 까치들의 비상한 악다구니에 놀랐다

들어보니, 나도 요새 하는 말이 뻔한 시쟁이었다
죽은 말들에 산 입과 목청만 붙였으니
까치들 싸울 때, 그 싸움의 악다구니가 배 속에서
끓어오르듯 우러나오는 소리여서 또 놀랐다
나도 새삼 나를 향해 싸우는 소리를 가슴에서
들어보고 싶어져서 더 놀랐다

먹기러기들

아비는 오랜만에 붓글씨를 쓰고

어린 딸내미 둘은

오래된 신문지에 붓을 가지고 분탕질이다

재밌어

붓이, 논다

아비의 붓은 무거운데

딸내미들 붓은 그예 먹물을 튀겨, 사단이다

얼굴에서 목덜미, 티셔츠까지 먹물이 곳곳에 흩어
졌다

꾸중에, 꾸중을 더한 끝에, 딸내미들은 붓을 놓고

운다

아비의 붓은 더 무거워진다

눈물이 먹물에 가 닿기 전에, 얼굴과 목덜미를 씻겨주며 본다

벗어놓은 딸내미 윗도리에 튄 먹물들, 점점이 먹기러기들로 날아간다

울음도 먹먹해서 몸빛이 더 진해진 먹기러기들,

만발한 봄꽃들을

천 길 제 배 아래 두고, 뜬다

은수염
—서귀포

돌아올 때까지 수염을 깎지 못했다
서귀포가
사흘 동안 내 수염을 길렀다
게으름은, 검은 오름처럼 묵묵했다

까칠한 턱수염 중에
서귀포 중문 앞바다 윤슬에
돋친 은수염 몇 촉(燭)도 있어

뭔가 잘 고쳐지지 않는 나를
그래야 나를 얻게 되는
나를 재촉하는
그 은빛의 빗발들,

폐허만큼 날 잘 읽어내는 중문의 모새 바닷가
그러고도 무심한 저녁 빛,
살고 죽은 모두에게 번진 안식(安息)과
헬 수 없는 밤의 술잔들,

거울 표면에 붙여본다
내게서 뽑아낸
은빛 재촉들,
그 은빛 수염들, 어서 나를
뽑아내자고 어서 나를
당신께 뽑아 가자고

사랑은 현물(現物)이니

더듬어봐라
숨 놓고 얻게 된 푸른 무덤
오랜 돌비석에 새겨진 당신 이름에
흰 똥을 갈기고 가는 새들이 짧은 영혼을 뒤돌아보
겠는가

당신을 품은 무덤도 당신 모르고
당신 이름을 새긴 돌비석도
당신 모르는데, 사랑은
미나리아재비과(科) 독성 품은 풀빛에도 기웃거린다
아연실색, 제 몸빛조차 모르고 흔들리다,
사라진다

더듬어봐라
사랑은 현물이니
맘에 담아 이리저리 말로 꿰려는 이여,
깨어진 돌비석에 역시 깨어진 당신 이름이여
한 이름 둘로 나뉜 비석 돌에 여전히 흰 똥을 떨구

고 가는 새들,
  성큼 자라오른 가시엉겅퀴 그림자가
  깨진 당신 돌 가슴을 겁탈하듯 한나절 끌어안다 가
는 것을

첫눈을 밟고

새벽에 도둑눈이 왔다
해마다 오건만, 이건 어찌하여 전대미문(前代未聞)
인가
전날 고뿔에 마신 쌍화탕 기운처럼
설렘은 미지근해지고 두근거림은 먼발치로 물러나
눈에 덮인 디딤돌처럼 보이지 않는데

나는 새벽을 무시하고 아침을 건너뛰고 한낮을 뒤
로 물린 차례였다
흐릿한 오후에, 그대가 오시던 때처럼
좀 어둑어둑한 새벽을
다시 허공 어디에선가 한 갈피 꺼내보고 싶은 것이
기도 한데,

뒤미처 설레듯 당기는 기척을
무끈히 가슴 한켠에 밀어 넣고

버선처럼 얇은 밑창의

굽이 없는 해진 여름 신발로
초겨울을 밟는다 밟아도 되는가

그럴 때, 발바닥은 맨손처럼 숫눈의 그늘을 더듬어
매양 다니던 마음 아닌 곳에 날 데려갈지도 몰라,
이건 이 풍진(風塵) 세상을 앞서 사사(師事)했다는
새삼스러움의
첫발들, 밑창이 버선발처럼 얇은
해진 여름 신발의 낙인(烙印), 그 초조한 반가움을!

설혹, 무슨 말들이 저 눈밭으로부터 소스라쳐 올라
오더라도
그걸 신발보다 발바닥이 먼저 이해하는
맨발의, 맨발에 가까운
흰 혁명의 보폭을 보라

철(鐵)을 버리다

호치키스,
요즘 말로는 스테이플러 철 심을 박다가
잘못 박혀서 도로
뽑아낸 철 심들이 책상 모퉁이에 모여 있다
좀 삐딱한 수형자처럼
그러나 어딘지
저들만이 감추고 있는 활기(活氣)가,

오래전부터 그렇게 잘못 박히기로 작심한 것처럼
삐딱한, 제가 생각한 곳이 아니면
그 어디에도 뿌리박지 않겠다는
이 철 심들은
그저 버려진 깡다구인가 싶지만,

구부러진 철 심들을 모아
베란다 밖에 털어버리자,
저 깡다구들은 그제야 좋아라! 하고
허공중에서도

어깨춤을 추며 땅으로
내려간다

저거, 저거, 저거, 오래 흙에 파묻혀 살 가난한 철
인(鐵人)이 아닌가 몰라!

수세미외

마음이 절경(絶景)을 품으려 쳉이그물을 써본 적
있으니, 명지바람이 그물추만 흔들다 갔다

마음에 금박의 책과 그럴싸한 수석(水石) 난초를
들여놨으나, 늙은 창녀의 가슴골만 못했다

마음에 부활절의 색색깔 계란을 먹이고 초파일의
연등 줄을 산 중턱 모롱이까지 개암나무서껀 매달아
밝혔으나, 호기심 묻은 날다람쥐 눈빛만 못했다

마음에 잔물결이 놀 만한 작은 연못을 파고 금붕어
도 풀었으나, 들쥐 풀 방구리에 들이치는 여우비만
못했다

마음에 겹처마를 늘인 팔작지붕 기와집을 지어주
었으나, 폐가의 기왓골에 솟은 바위솔의 노숙만도 못
했다

마음에 마음에 무엇을 차려주고 입히고 먹일까 둘
러보아도,

오일장 구석진 약재상 바람벽에 매달린 수세미외
몇 개가 저를 사라는 듯 덜렁거렸다

마음의 고관대작, 풍수지리가 따로 있으랴

시든 말 좆 같은 수세미외 삭은 껍질을 벗기고 삶아 흙모래 묻혀 묵은 주발부터 씻겨보느니,

아무려나 마음엔 마음을 따로 건사할 손이 모자라

수세미처럼 구멍 숭숭한 그 거칢을 곁두리 삼아 얼룩과 묵은 때를 만나

싹싹 비비고 어르고 달래다 파김치가 돼 돌아오는 저녁이여, 수세미는

어떤 마음의 체위로 살까 뱃살만 늘려가는 내 속의 당신에게 그런다

살이고 뼈고 없다 육탈의 구멍 숭숭한 이 골다공(骨多孔)의 초식으로 가는 거다

저와 저 아닌 것, 부대끼듯 뒤섞어 닦고 닳아가는 해로(偕老)이고 해탈일 뿐,

부여 옛날국수집

흰 버들가지 같은 면발들 건조대에 내걸렸다
저 안에서 어떤 허기가
수렴청정하듯 배부른 말을 가르치실까

옛날에 나는 오늘을 살 줄 알았을까 보다
옛사람도 출출하여 오늘을 다 못 사셨을까 보다
뱃구레가 꺼져버린 지 언젠데
출출함은 죽음도 내치지 못한 몸종인 듯
그예 국숫집 골목으로 곡두 양반들 걸어든다

국숫집 쥔장은 묵묵하다 익반죽만 한다
아내의 새색시 적 부끄런 속살을 넣고 치대도
옛날은 옛날이라 호시절은 잘 뽑아지지 않는다
국숫집 주인은 잘 마른 국수 다발에
드륵드륵 칼을 들이댄다

그예 소식이 없던 당신도
부여 국숫집 문간에
옛날 돈을 들고 서 있다

입상(立像)
—길상사에서

　예전에 고급 요정으로 쓰였다는 이 절에 어디 사연
이 옹근 퇴기(退妓) 할멈은 없을까 둘러보다 절 마당
한편에 웬 조각상 있는 데로 끌렸습니다 화강암 보살
상인데 어디 꼭 그런 것만은 아니었습니다 이건 마치
성모마리아 상을 반쯤 우려낸 게 아닐까 싶게 보살의
맵시라지만 눈매 고운 기생의 뒤태를 에두르고 어딘
지 성모마리아의 맘씨마저 서려서 이거 참 대단한 꼼
수구나 내쳐 보살만은 아니구나 지극한 것들, 아니
지극한 맘들은 이거니 저거니 한 배〔腹〕에서 여럿을
낳고도 시침 뚝, 그저 하나라니! 그마저 작심하고 헷
갈려 보인 게 아닐까 그 석수장이 손놀림이 이만저만
한 오지랖이 아니구나 마리아의 얼굴로 보살의 마음
이 미소 짓는구나 해찰 떨다가 아마도 내 찾던 늙은
퇴기 할멈도 저 속에 슬쩍, 뛰어들어 미륵의 팔짱을
끼고 가만 돌아 나간 건 아닐까
　아, 참 헷갈려도 좋은 다면체(多面體)구나, 요정을
버리고 절간으로 돌아든 마음이 그래도 여간 요염하
지 않았습니다

이끼 2

그대가 오는 것도 한 그늘이라고 했다
그늘 속에
꽃도 열매도 늦춘 걸음은
그늘의 한 축이라 했다

늦춘 걸음은 그늘을 맛보며 오래 번지는 중이라 했다

번진다는 말이 가슴에 슬었다
번지는 다솜,
다솜은 옛말이지만 옛날이 아직도 머뭇거리며 번지
고 있는

아직 사랑을 모르는 사랑의 옛말,
여직도 청맹과니의 손처럼 그늘을 더듬어
번지고 있다

한끝 걸음을 얻으면 그늘이
없는 사랑이라는 재촉들,

너무 멀리
키를 세울까 두려운 그늘의 다솜,

다솜은 옛말이지만
사랑이라는 옷을 아직 입어보지 않은
축축한 옛말이지만

저녁에 스님이 스쳐 갔다

셔터가 내려진 우체국 앞에서 괜히 우물쭈물하였다
이 우물쭈물의 시간이면
돌아가신 어머니가 몇 개의 바람떡을 빚으셨을까
이 우물쭈물을 어디 당신만 아는 곳에다
몰래 파묻어 두었다 패랭이꽃이라도 피우고픈 저녁
인데

못 먹는 떡을 들고 누군가를 기다리는 듯한 저물녘
우물쭈물 고르지 못하는 게 너무 많은
나도 참 내가 맘에 안 차서 저녁 바람 속에 섰는데
문득 젊은 스님이 스치고 지나간다
바람의 빗장을 담담히 열고 나가는
잘 빚어진 스님 옆모습만 나도 곁눈질로 보고 있
는데

어이 도반(道伴)! 그래도 요기는 좀 하고 가시게
짐짓 까까머리 불러 세워, 어느 절에 묵느냐 묻고
싶은 저녁인데,

그것도 내 속에서만 우물쭈물 빚어지다 마는 겨를
인데
　마침 내 인기척도 모른 채 지나던 개가
　붉은 우체통에 놀라 흠칫 고개를 돌렸다 나를 보곤
　못 본 척 마저 길을 가는 저녁인데

　저녁 한 끼를 못 넘어서는 맘이여
　깨우치러 가지 않아도 깨우치러 오는 배고픔이
　속가(俗家)의 어머니 이름처럼 불 켜지는 식당 간
판들이여

매화와 십자가

무슨 일이냐 하면
아무 일도 아니다

나는 그저 바람 부는 날
아이들과 끝물의 매화 숲에서 김밥을 먹었다
김밥을 먹으며 천치처럼 웃어보았다
구름은 흘러가고 해는 그런 구름 속에 들어갔다 뛰
쳐나와
매화 그늘을 조금 밝혀준다

겨우내 반쯤 죽은 매화나무 가지 사이로
멀리 십자가가 은빛으로 번쩍인다
저것은 꽃 피고 잎이 돋는 매화 가지인가
죽어서도 벼락을 피하기 급급해 떠는 삭정이인가

매화꽃은 끝물이라 더 말할 향기가 없고
십자가는 천년의 기도와 구원이지만 구걸 같고
고통은 반석의 집이라 돌아가기 싫은데

바람이 너무 차다 바람이 너무 심하다
고통도 불행을 느껴 바람난 적 없는가
불륜의 고통은 어떤 사람인가

번쩍이는 십자가에 저녁 빛이 못 박히고
죽은 매화 가지 떨어질 꽃들 없이 호젓한데

무슨 일이냐 하면
아무 일도 아니다

오동꽃

육교를 건너며 당신은 무슨 말인가 하면
나는 귀담아듣는 척, 그러지를 못했다
당신은 내게 어떤 대답을 구하지 않으니
그게 고마웠다
그럼에도 여전히 당신은 흘려듣는 내 귀를 나무라
지 않았다

봄날 하루, 당신과 내가 한낮의 육교를 걸으며 애
기한 것이
먼 훗날엔 벙어리들로 피어나겠지
우리는 그때나 지금이나 육교에 떠서
허공을 걷고 있었다 해야겠지

내가 당신에게 귀 기울이면서도 당신 말을 모른 건
오동꽃이 저만치 피어서였지
당신 말들 속에 하나같이 오동꽃이 피었으면 해서
였지
오동꽃이 연 허공을
나도 발소리 가차이 다녀가고 있어서였지

비옷

지하철 동대문역을 지날 때였다
갑자기 통로 문이 열리고
여자는, 노란 비옷 차림이었다
변변한 말도 없이
사람들은 궁금한 눈치였다
그럼에도 승객들은 갑자기 헐벗어
동굴에서 소낙비를 만난 듯
당혹스럽고

한 노인이 비옷을 사며
뭐라 묻는데
여자는 괜히 얼굴만 붉혔다

한참 만인가 여자는
네이멍구* 네이멍구!
비가 오지 않는
먼 고향 마을을 일러주었다

* 중국 내몽고(內蒙古) 지역

사인펜

홈플러스 마트 옆 당단풍(唐丹風) 가로수 아래서
검정 사인펜 하날 주웠다

토요일 저녁
길 건너 마사회 소속 TV 경마가 열린 건물에서
중년 남녀들이 우르르 쏟아져 나온다

사인펜은 아직 멀쩡하다
멀쩡한 사인펜인데
다 쓴 것처럼
어딘가 쓸쓸해

나는 이걸로 변두리의 시를 써볼까
선두(先頭)의 말 한 쌍을 낙점하는 데 썼으나
모두 뒤처졌을, 과오의 펜으로
시대에 뒤떨어진 순애보를 써볼까

사연이 기구하면 소설이 될까

말을 놓치고 뒤처진 말을 버리고
저녁 어둠에 어둠이 되어가는 등짝들,

말을 놓친 사람들의 절필(絶筆)을 주워
필름 끊긴 간밤의 기억을
늡늡한 사랑의 야사(野史)를 써볼까

횡보(橫步)

새벽내 봄비가 안쳐놓은, 물웅덩이로
에움길을 열었으니

산책길
사람들 발걸음이
아침부터 휘청거린다

취한 듯
가는 당신의 길
좀더 오래 눈에 넣어보라고

샛강 둔치 패랭이꽃과 낮술과 어떤 넛보 같은 신명
(神命)을 만나러 가는 내게
갑자기 팔자(八字) 같은 것,
슬쩍, 옆구리에 붙여보고 싶어져

내 살짝 옆 걸음을 놓으면
길도 덩달아 옆 걸음을 놓아

쏠린
그대에게 가는 길,
바람이 건들기만 해도
어딘가 아파라

가을

은빛이 남았다 할머니는 아직도 한 움큼의 뒷머리
에 은비녀를 질렀다
　입이 무거운 옛날이다가 언뜻 옛날도 엉덩이가 무
거운 옛날이다

　무쇠 가위로 붉은 고추의 배를 가른다 내생(來生)
을 토해내듯
　노란 고추씨들이 고산족(高山族) 아이들처럼 흩어
졌다
　그래도 가위로 치를 전쟁이야 있는가, 무수한 할복
끝에도 코끝만 맵다

　할머니 자꾸 등만 보여주신다 혁명이 졸아든 애기
를 듣고 싶은 등짝이다
　원숭이 새끼마냥 업히고 싶은 등이었다 끝내 세월
에 업혀갈 저 등짝,
　제대로 굽었다 어중뜨기 죽음이 와서는 미끄러져
나동그라질 등성이다

　　노래도 끊기고 가문 저수지처럼 기운도 말랐다 비
릿한 촌색시의
　　소싯적 연애담이 아직은 기억의 입술을 축일 만하
다고
　　평생을 볕에 말려도 눈자위가 축축한 게 이별이라고

　　한켠 인적이 드물어서 토란대가 시무룩 널려 있다
　　할머니 손에선 아직도 가르고 훑고 찢어발겨지는
즐거운 파탄이 있다
　　언젠가 죽음이 육시(戮屍)의 맵찬 손길로 오면
　　가을볕을 오래 업은 할머니의 귀 어두운 등짝으로
맞으리

토막 잔치

오랜만에 컵라면을 먹으려 뜨거운 물을 부으니
사무치다 굳은 면발의 파도 잘게 부서져 있다 그 위에
마른 새우와 파가 잘게 얹혀 있다
나무젓가락의 사타구니를 벌리다 보니
위아래를 분간할 수 없는 토막이다
주검의 냄새가 가신 나무토막 시체다!
뒤돌아보니, 토막토막 끊긴 기억의 필름이며
도시로 들어온 강물은
수도꼭지 끝에서 토막으로 마실 뿐,
바다라면 횟집 수족관 속에서 토막인 채로 잠잠하다
그 토막 난 바닷물 속에 굼뜨게 움직이는 농어 한 마리,
어느 날은 잘 저며진 칼 맛으로 토막 나리라
거리에서 지나친 그 여자는 어느 날 여행 가방에 담겨
제가 지은 죄의 항목을 따질 겨를도 없이
토막 시체로 발견되리라 그럴 수 없이 착한 그녀의

봄날은 갑작스런 추위에 칼 토막이 나고

전화를 걸던 거리의 남자는 토막 난 말들만 꿰맞추다가

허공에 담배 연기를 토막토막 베어 먹인다

토막이 아닌 전부(全部)는 모두 위험하다 하늘의 속내를 뒤지려는

느티나무 고목은 급격히 썩어가고 아직 전체로 연결되려는

전기선(線)들은 뭉툭한 플러그들로 한 번 토막이 난다

도로로 기어 나온 뱀들은 제 무늬 위에 타이어 무늬를 덧씌울 때

토막으로 전체를 잇는 지하철이 땅 밑을 흐를 뿐

누군가 죽으면 저 관(棺)도 한 토막의 단정함으로 간직된다

꽃도 한 토막, 사랑도 한 토막이라 전부는 꿈도 못 꿨다

토막을 주고 토막을 거슬러 받을 뿐

도시에 오면 코끼리도 고래도 거대한 토막으로 바
뀐다
첫울음 뒤에, 내 탯줄에 손을 댄 사람을 알 수 없
듯이

이중섭 지우개

서귀포 이중섭미술관에 들렀다
가을날, 딸들은 선행(善行)인 양 기념품을 조른다
제일 싼 걸로 고른 기념 지우개 한 쌍
그래도 지워지는 지우개였다

그리고 가을이 갔네
대향(大鄕)* 자네가 그린
아이들 얼굴의 윤곽이 박힌
지우개는 몽돌처럼 닳아서
그냥저냥 보게 되는 지우개,

우리 딸들은 가끔 지우개를 밀다가
대향, 자네가 되살린 아이들 얼굴이 닳을까
가만 손길을 멈추고는,
책장 가장 높은 곳에
까치발로 얼굴의 지우개를 올려놓곤
가까스로 잠이 든다네

* 화가 이중섭의 아호(雅號).

시비(詩碑)를 멀리하다

공원 잔디밭 안에 커다란 빗돌이 서 있어

거기 뭐라뭐라 새긴 시구(詩句)들인데

마음에 들어차지 않고 자꾸 흘러만 진다

죽은 시인은 이 말들에 얼마나 피가 말랐기에

이 덩치 큰 바윗덩이에 치도곤을 놓듯

영원히 기억하라고 새겨놓은 눈치다

각인(刻印)의 눈치가 역력하다 보니

나는, 저 빗돌에 팬 시구에서 자꾸 물러난다

얼마를 그렇게 물러나 바라보니

눈에 아물거리던 시구마저 사라지고

온전히, 한 덩어리의 미련하고 착해빠진

흉터 하나 없는 바위가 곰처럼 앞발을 들고 서 있다

이리 와, 다시 내 등에 업히라는 듯

싸락눈

온몸으로 맞아도 왜 종아리만 아픈가

거기 아둔한 피가 몰려 있다는 말씀이신가

당신, 못다 한 말씀이 맺혀온다는 시늉이신가

당신의 기운이 빠져나가는 떨림을 이 땅은 그저

내 종아리에다가 혀를 차듯 츠츠츠츠 축수(祝手)를
내리시는가

늦겨울 동치미가 바닥나는 어느 저녁 무렵

매운 이승이 되거라 세상의 아궁이를 활활 지피거라

독마다 초록의 울음을 그득그득 쟁이거라

온몸으로 맞으며 막막히 허공을 바라고 서면

당신은

한소끔 내 아둔한 종아리의 피만 울리고 가시는가

내 종아리 찌르르 아파올 때 당신 피안이 흐뭇했는가

어머니, 그 떨리는 말씀마저 싹 가져간

추운 개인 날 저녁은 슬픔의 주소를 몰라라

잡곡

오랜만에 원고료 십만 원을 받아서는
농협 하나로 마트에 갔다
마침 잡곡 생각이 났다
서리태, 수수, 참깨, 율무를 샀다
그리고 들바람이 생각났다
어깨 위로 날아가던 땅강아지도 떠올랐다
머리에 붉고 푸른 양파망을 씌운 수수 머리도 흔들
렸다
콩대를 털던 어머니의 굽은 등도 휘어들었다
두꺼비의 진로 상표를 뗀 소주병에 참기름을 담아
팔던 사라진 기름집도 문을 열었다
위암엔 율무밥을 해 먹으라는 누군가의 목소리도
거들었다
그러고도 누군가는 제삿밥을 건너다보는 가을날이
있겠고
나도 한 잡곡 중에 하나로 끼어보고 싶은
다시 잡곡 중에서도 못 보던 새로운 잡곡 하나로
이름을 섞어보고 싶은 유난스런 가을날이라고

좀 이상한 이름으로 잡곡 말석에 끼어서라도
좋은 맛은 아니고 뛰어난 영양가는 몰라도
조금 다르긴 달라서 잡곡 중에 끼어 살아가는,
참 그것도 한 봉지 사 가자고요!
따스한 참견처럼 누군가 내 이름 잡곡을 불러주는
그런 볕바른 생각을 얻어듣는 잡곡이라면
나는 마음에 너겁이 출렁이는 가을날이 아니겠느
냐고

현물(現物)의 사랑, 활물(活物)의 시

이 선 경

말을 놓치다

문자(文字)에 얼굴이 있고, 몸이 있고, 발이 있다. 그것
들은 자기 위치에서 꿈틀대고 움직이며 자신들이 살아 있
음을 증명한다. 고암(顧菴) 이응노(李應魯) 화백의 「문자
추상」 시리즈에서 문자들은 춤을 춘다. 문자를 쓰는 것에
서 그리는 것으로 바꾸어놓음으로써, 그리고 그것들을 고
정된 정적인 존재에서 춤을 추는 역동적인 존재로 바꾸어
놓음으로써, 문자들은 기의와 기표에서 해방된다. 동양적
캘리그라피인 서예[書]에 바탕을 두고 만들어진 현대적
회화[畵]다. 이 시집의 시인은 "문자의 활물(活物)화"로
"존재론적 춤"을 표현한 이응노 회화의 특징을 조선 시대
서민들의 문자도(文字圖)의 천연(天然)적 풍류(風流)와

연결시킨 미술 평론가이기도 하다(유종인, 「문자도(文子圖) 의 서민풍류(庶民風流)와 현대회화의 갱신원리」, 『조선일보』 2011년 1월 1일). 현재의 기원을 과거에서 찾아 현재를 새 롭게 해석해내는 고고학적, 계보학적 자세가 시인에게는 있다. 이번 시집에서 시인이 보여주는 시, 서, 화의 넘나 듦에 대한 상상력은 이러한 자세에 바탕을 둔다. 시인은 현재의 시에 대한 고민을 해결하기 위해 그것을 전통의 서 예와 회화의 차원으로 확장한다. 그리고 서와 화의 정신으 로 현재의 시가 가진 문법을 해체한다.

이는 '말' 자체에 대한 고민에서 시작한다. 시인은 말을 놓쳐야만 시를 쓸 수 있었다. 슬플 때 슬프다고 말하지 못 하고 아플 때 아프다고 말하지 못해 후일담처럼 쓰게 되는 시는 더 슬프고자 했으며 더 아프고자 했다. 말이 되어야 만 나을 수 있었던 슬픔과 고통이, 누울 자리를 찾아가는 것이 지난 세 권의 시집이 걸어온 과정이었다. "말씀이 지 워진 부드럽고 하얀 성경책 화장지"에 죄로 슬픔의 말을 되새기고(「아껴 먹는 슬픔」, 『아껴 먹는 슬픔』, 문학과지성 사, 2001), "말 못할 것들"과 "말없이" "숨어드는" 것들로 가득 찬 이승에서 이미 떠난 것들과 교감하고자 하며(「交 友錄」, 『교우록』, 문학과지성사, 2005), "말을 놓치고서야 말이 매였던 자리가 침묵의 그루터기"(「수수밭 전별기」, 『수수밭 전별기』, 실천문학사, 2007)라는 후회를 절감하는 것이 그의 시였다.

그러나 이번 시집에서는 놓친 말 자체의 타당성과 적합
성에 대해 고민한다. "말을 놓친 사람들의 절필(絶筆)을
주워"(「사인펜」) 시를 쓰는 자신을 돌아보고, "하는 말이
뻔한 시쟁이"(「다른 소리」)임을 깨닫는다. 그리고 그 원인
이 혹시나 "비좁은 우리의 말"(「사슴 시인 학교」)에 있는
것은 아닌지, "나의 시 낭송은/다른 곳에 있"(「밤 인사」)
는 것은 아닌지, "이 어눌(語訥)에서 풀"리기만을 기다린
다(「섬돌」). 이번 시집에 실린 상당수의 시는 시인의 자화
상과 시작(詩作)에 대한 반성으로 이루어져 있다. 그리고
그 시에 대한 한계를 고전적인 방법으로 돌파하고자 한다.
그래서 그의 시는 서와 화의 차원으로 확대된다.

붓을 들다

시와 서와 화를 동시에 가능하게 해주는 것, 그것은 붓
이다. 붓은 상당히 독특한 문방구이다. 글을 짓기도 하며,
글씨를 쓰기도 하고, 그림을 그리기도 한다. 이 모두에 능
숙해야 삼절(三絶)이라는 칭호를 얻는다는 것은, 전통적
으로 이 세 가지는 분리되어 있으면서 통합되어 있다는 것
을 의미한다. 그래서 붓으로 지은 글은 그 내용과 더불어
기운(氣韻)을 중요시 한다. 붓으로 쓴 글씨 역시 획의 강
약이나 완급을 비롯하여 전체적인 배치와 구도를 고려해야

128

한다. 또한 붓으로 그린 그림은 있는 그대로의 사물을 재현하는 것이 아니라 그린 이가 이상적으로 생각하는 세계관과 자연관을 표현해놓기에, 그림 안의 것들이 지시하는 그림 밖의 의미를 더 중요하게 다룬다.

시인의 서는 이렇다. "아비는 오랜만에 붓글씨를 쓰"는데, "붓은 더 무거워진다"(「먹기러기들」). 막다른 벼랑길, 그 "벼룻길 앞에" 두고 "샛길뿐"인 생각을 정리하지 못하기 때문이다(「맨밥」). 그래서 아비는 무거운 붓을 이미 돌아가신 자신의 아버지에게 쥐여드린다.

> 어찌 다시 돌아왔누, 이 해골은 또 무엇이겠누
> 물어보시는 아버지 손에 족제비 붓 한 자루 쥐여드리나이다
> 〔……〕
> 그예 두개골에 추깃물과 먹물을 섞어 써 내려간 아버지여 당신의 적바림은
> 바람의 늠늠한 마음과 번뇌가 밝아오는 우레입니다 이 백골의 생각
> ——「백골전서(白骨全書)」 부분

아들은 돌아가신 아버지의 손에 자신의 손을 포개 얹고는 아버지가 쓰는 적바림을 기다린다. "추깃물과 먹물을 섞어 써 내려간" 붓끝으로만 적을 수 있는, 저승의 세계로만 밝힐 수 있는 이승의 번뇌가 있기 때문이다. 이 시는 여러모로 시인의 등단작 「화문석」(『아껴 먹는 슬픔』)의 어

떤 고민을 해결하고 있는 것처럼 보인다. "가끔은 서럽게 그리워" "당신의 草書 족자들"만 펴 보던 아들의 슬픔은 아버지에게 붓을 쥐여드리는 것으로, 아버지의 적바림에서 "늡늡한 마음과 번뇌가 밝아오는 우레"를 느끼는 것으로 해소된 듯 보이기 때문이다. 붓은 백골의 뼈에 "황금빛 귤" 같은 살을 붙이고 "살내와 송장 내가 서로 갈마들"게 만든다. 이승과 저승을, 과거와 현재를 갈마들게 하는 붓을 들 때, "지구의 언덕 저편"까지 포괄하는 전서(全書)를 쓸 수 있는 것이다.

붓을 드는 것은 전서를 쓰는 일, 그 고고학적이고 계보학적인 일을 가능하게 한다. 그런데 그 붓은 아버지가 쥐고 있는 것으로 되어 있다. 아들이 들었을 때는 무겁기만 하던 붓은 아버지로 인해 밝아온다. 만약 이 시에 소실점이라 부를 수 있는 것이 존재한다면 그것은 아버지다. 전서를 쓰는 것은 결국 아버지가 빙의된 아들이겠지만, 붓은 그러한 소실점의 이동을 가능하게 한다. 이는 아버지의 족자들만 펴 보던 아들로서의 슬픔을 해결하는 동시에, 무거운 붓을 들었던 아비로서의 고민도 해결하게 한다. 자신을 과거로부터 미래로부터, 내다보고 돌아보게 하는 일을 붓은 가능하게 한다. 거기에 화자가 쓰는 것은 백과(百科)전서가 아니라 백골(白骨)전서이다. 추상이나 비가시적인 백과 대신 실증과 관찰의 백골에 관한 전서를 쓰는 일, 이 것은 붓이 가능하게 하는 일이다. 그래서 시인이 들고 있

는 붓, 통틀어 과거나 전통은, 어떤 무드나 메타포라기보
다 자세이자 정위(定位)다. 상고(尙古) 취향이나 전통 지
향의 시들에서 대부분 과거나 전통은 미적 분위기나 상징
적인 미적 세계를 형성한다. 그러나 이 시인은 이를 정공
법으로 돌파하는 모습을 보여준다. 그래서 전통이나 과거
라는 이름보다 고고학이나 계보학이라는 말이 더 어울린
다. 이러한 정공법만이 시인의 슬픔과 욕망에서 화문석에
새겨진 "漢字의 꽃빛 글무늬"(「화문석」) 같은 시를 얻을
수 있게 하다. 이 정공법에는 어떤 아름다움이 있는가, 그
것은 시인이 붓으로 그림을 그릴 때 보인다.

선을 대다

붓을 들어 선으로만 그릴 수 있는 가장 기본적인 그림은
난(蘭)일 것이다. 그러나 난만큼 어려운 것도 없다. 그것
은 단순한 곡선이 아니기 때문이다. 추사(秋史)는 그림 중
가장 어려운 것이 난이며, 최후의 난인 「불이선란(不二禪
蘭)」으로 갈수록 곡선을 자제한다. 추사의 난은 길게 꺾이
거나 짧게 잘리거나 휘기도 하면서 잡초 같은 느낌이 강하
며, 난초 잎을 그리는 데에 있어서도 곧장 긋지 말고 세
번 꺾으라는 삼전법(三傳法)을 강조하기도 했다(유홍준,
『완당평전』, 학고재, 2002, pp. 315~17, pp. 594~98 참

고). 흔히 시에서 나타나는 둥그런 곡선은 전체와 본질과 근원, 그 완전한 이상을 가정하고 그것과 화해 혹은 소통하는 동일화의 의미로 그려진다. 그래서 서정시의 곡선은 평화롭다. 그러나 시인은 추사가 그랬듯, 난을 완전한 곡선으로 그리지 않는다. 곡선은 곡선이되 끊어진 곡선이며, 전부(全部)의 일부(一部)로만 존재하는 결핍의 곡선이다. 결핍의 곡선은 끊기고 잘려 완전한 원에 대한 환상을 깬다. 이러한 불완전한 곡선이야말로 살아 있는 야취(野趣)를 느끼게 하기 때문이다.

>   내 감상을
>   내 고답(高踏)과 의고(擬古)를
>   아예 눈 뜨고 갉아 먹은 고라니, 멧토끼의
>   이빨 자국이
>   사군자(四君子)의 일부(一部)를 아예 밥벌이로 그르치는
> 생심(生心)이 역력했어도
>   그 끊긴 곡선의 이빨 자국을 얼마든 사랑해주어도 모자란
> 듯이
>
>   [……]
>
>   흩어져 마르는 봄날, 겨울은
>   저 홀로 빼어난 초록 난초 잎새를

갉아대는 밥벌이의
끊긴 듯 되새기는 곡선의 맛,

나는 그저 물을 준다 미처
동물의 숨결이 되지 못한
이 춘란의 일부에 물을 준다
이 춘란의 나머지 초록에, 물을 댄다

—「야생란(野生蘭)」 부분

처음부터 끊어진 난을 원했던 것은 아니다. 나 역시 "고답(高踏)과 의고(擬古)"의 "사군자(四君子)"를 감상하기 위해 난을 사 왔다. 나의 난이 완전한 곡선이지 못하는 이유는 야생동물의 "이빨 자국" 때문이다. 하지만 이로 인해 나는 어떤 깨달음에 도달한다. 그 "순수한 밥벌이"의 "생심(生心)"이 만들어낸 울퉁불퉁한 선이야말로 살아 있는 선이라는 것을. 오히려 야생란을 완상(玩賞)의 사군자로만 대하는 것이 전체의 야생으로부터 "끊"어지게 하는 편협함이라는 것을. 난의 완전한 곡선을 감상하고 되새길 수 있는 것은 이 모든 야생을 지켜봤던 지난 "겨울"뿐이라는 것을. 그래서 이 시에서 강조되는 곡선은 난의 날렵한 곡선이라기보다 울퉁불퉁한 이빨 자국의 곡선이다. 그 이빨 자국의 야취로부터 야생의 난을 상상할 수 있고, 지나간 겨울만이 소유할 수 있었던 전체 대자연과 마주하게 되기 때문이다. 그래서 나는 대자연을 향해 난을 친다. 아직 살아 있는 그 생심의 "나머지 초록에, 물을 댄다". 내가 야생란에 물을 주며 만들어내는 포물선은 "미처/동물의 숨결이 되지 못한" 난을 원래의 자연으로 향하게 하는 일이다. 시 안에서 시 밖의 야생을 향해 난을 치고 있는 것이다. 시 안에서 물을 대며 치는 난은 시 밖의 초록에 가 닿아야만 완성되기에 그린다기보다 '대는' 것이 된다.

시 안에서 완성되지 않는 선, 시 밖으로 나가게 하는 선, 시 안의 자아가 완전한 동일화를 이루어내지 못하는 시인의 곡선은 동양적이다. 동양화의 선은 면이나 색에 비해 강하고, 힘세고, 빠르고, 맛이 있다. 면이나 색이 이미 한정된 넓이를 보여주는 것에 비해, 선은 어떤 지향을 향해 뻗어 나가는 방향을 보여주기 때문이다(킴바라 세이고, 『동양의 마음과 그림』, 민병산 옮김, 새문사, 2007, pp. 257~67). 그 선은 바깥의 무언가를 지시하거나, 그릴 수 없는 전체의 일부를 상징한다. 동양화 화면 안에서 완성되지 않고 밖으로 뻗어 나가는 꽃의 줄기나 나무의 가지, 산의 등성이는 대자연을 지시적으로 보여주거나 그림이 암시하는 형이상의 일부를 함축한다. 즉 일부의 선을 통해 전부를 상상하게 하거나 암시한다. 끊긴 난을 통해 나타나는 일부의 선은 그래서 관념에 갇힌 자연을 원래의 자연으로 되돌리는 생심과 야생으로의 방향성을 가지게 된다. 그래서 이 시는 서정시의 관념적이고 지적인 자연을 야취의 본래적 자연으로 되돌리려는 지향을 보여준다.

전체의 원 안에서 대상이나 풍경과의 동일화가 이루어지지 못하는 대신, 시 안의 존재들은 각각이 활물로 존재하며 서로의 곡선을 주고받는다. 그것은 시인의 오랜 내력이다. 사물과 사물의 사이로 스며드는 특유의 상상력은 "공존의 유비"로(이장욱, 『교우록』 해설, p. 158), 먹고 먹혀야만 존재를 유지할 수 있는 풍경과 관계에 관한 "근친의 역설"로(김춘식, 『수수밭 전별기』 해설, p. 125) 발휘되었다. 그리고 이번 시집에서 그것은 완곡(緩曲/婉曲)의 오지랖으로 나타난다. 존재들 사이의 '갈마듦'(「백골전서(白骨全書)」 「봄의 강가」)이나 "흘레붙"음(「육교에서」 「생기(生氣)」)은 서로에 대한 "오지랖"(「됫박」 「겨울 선자(扇子)」 「손수건」 「입상(立像)」)에서 비롯된다. 그리고 그것은 "한끝" 곡선일 때 가장 아름답다.

> 나는 살구의 유감(有感)을 먹는다
> 엊그제가 발인인 당신은
> 혀가 굳어 이 살구를 맛볼 수 없고
> 짐짓 천지간(天地間)의 모오든 것들이
> 당신을 맛볼 차례니,
> 당신의 유감은 캄캄하게 여러 맛이다
> 묵묵하겠다

　　살구 두 개가

　　비리고 시고 달콤한 속속들이 유감을

　　내게 옮기는 사이, 달은

　　어느 밤의 회식에서 돌아와 슬쩍 구름 미닫이를 당긴다

　　유감(有感)이 만면(滿面)하다

　　이미 달을 맛본 당신이,

　　내 사랑의 완곡(緩曲)을 훤히

　　한끝 유감이, 휜다　　　　—「살구 두 개가 있는 밤」 부분

　이번에는 나의 이빨 자국이다. 교우와 근친의 내력은 시 안의 존재들을 서로 먹고 먹히는 관계로 연결시킨다. 그래서 시 안에서 '먹다'는 '갈마들다' 혹은 '흘레붙다'와 동의어다. 살구 두 개를 먹으면서 내가 느끼고 싶은 것은 삶의 맛이고, 죽음의 맛이고, 우주의 맛이다. 살구를 하나 베어 문다. 입안으로 들어온 것은 살구의 과육(果肉)이 아니라 "살구의 유감(有感)"이다. 살구의 "속"에서 느끼는 "비리고 시고 달콤한" 맛은 지상의 살 속을 파고들었을 때의 느낌〔有感〕이다. 삶의 맛이다. 살구를 또 하나 베어 문다. 이번에는 죽음의 맛이다. 이번에 입안으로 들어온 것은 "엊그제가 발인인" "당신"이다. "천지간(天地間)의 모오든 것들이" 맛본 당신이기에 당신의 유감은 "캄캄하게 여러 맛"이며 "묵묵하"다. 우주의 맛은 어떠한가. "내 사랑의 완곡(緩曲)을 훤히" 알고 있는 "이미 달을 맛본 당

신,” 당신이 있다. 달이 “당”기고, 당신으로 인해 내 몸 “한끝”이 말려 만들어내는 “휜” 곡선, 나는 드디어 우주의 맛으로 “유감(有感)이 만면(滿面)”이다.

존재들은 느리고 제 몫을 다한 완곡(緩曲)으로 서로를 닮았고, 은근한 곡선으로 완곡(婉曲)하게 존재한다. 너무 익어 무른 살구의 속살, 삶을 다 채우고 둥근 무덤으로 간 당신, 아마도 보름인 것 같은 꽉 찬 달의 만면, 완곡의 사랑으로 아마도 초승달처럼 휘어버린 나, 보름달이 당겨서 초승달로 휘어지는 팽팽한 곡선들 이것들은 결핍의 선들이 만들어내는 낭만적 서정일 것이다. 이들의 곡선은 서로를 비추며 존재하지만, 모두는 각자의 질서로 흘러가는 개별적 존재이다. 달조차도 이들을 통합하지 못하기에 어떤 동일성으로는 설명될 수 없다. 이들의 유사성은 수렴되지 않고 발산된다. 당신은 당신인 채로, 달은 달인 채로, 나는 나인 채로 서로에 대한 오지랖으로 갈마들 뿐이다. 오히려 이들을 모두 포괄하는 것은 “밤”이다. 시간과 공간을 모두 포괄하는 “밤”의 관점에서 보면 각자는 자신의 정위에 있는 존재들이다. 따라서 이러한 존재들의 위치는 선의 방향성에서 면의 구도와 배치 차원으로 확대되어야 보일 것이다.

면이 열리다

시인의 첫 시집 『아껴 먹는 슬픔』에 속하는 시 「風景속의 入口」에는 이런 흥미로운 구절이 있다. "문득, 모든 入口가 화안해졌으면, 바로 입구!/입구가 중요하다." 풍경 안을 응시하던 화자는 어느 순간 풍경에서 입구를 발견하고 그 입구 안으로 들어가려 한다. 그 입구는 "모든 입구에 서성이는 사람들의 출구"이기 때문이다. 면 안에서 공간을 발견한다. 공간이란 말 그대로 사이〔間〕에 비어 있는 틈새〔空〕를 파악하는 것이고 면을 여는 것이다. 면을 원근법의 관점에서 보지 않고 경험의 측면으로 보는 것, 이것이 시인의 독특함이다. 이번 시집에서 본격적으로 나타나는 원근법의 해체는 예를 들면 이런 식이다.

원경(遠景)을
근경(近景)처럼 당겨 보는
꼽추 여자
망루처럼 삼엄한 눈길

—「꼽추 여자 대추 따는 남편」부분

시인의 시선은, 굽은 등을 더 구부려 아예 자신의 몸을 망원경으로 만드는 꼽추 여자와 닮았다. "원경(遠景)을/

근경(近景)처럼 당겨" 보는 망원경의 시선은 멀리 있는 것을 가까이 보이게 해 원근법을 해체하고 고정된 소실점을 사라지게 만드는 것이다. 사물에 대한 새로운 입체적 인식이다. 그 시선은 원경을 원경으로만, 근경을 근경으로만 파악하는 고정된 인식에 대한 파기를 의미하기에 "망루"에선 파수꾼처럼 "삼엄"하다. 서정이란, 거칠게 말해 풍경이나 대상을 어떤 원근법으로 파악하고 자아와 내면과 소실점의 위치를 정하는 것이다. 사실 이차원의 평면을 원근법으로 지각하고 그것을 삼차원의 입체로 파악하는 것은 인간의 훈련된 환영에 불과하다는 것이 곰브리치의 지적이다(에른스트 곰브리치, 『예술과 환영』, 백기수 옮김, 이화여대 출판부, 1992). 현대의 서정시에 나타나는 원근법과 자아를 중심으로 한 소실점의 위치는 모두 이 서양적 원근법에서 비롯되었다고 해도 과언이 아닐 것이다. 이 서양적 원근법의 환영을 시인은 동양적 정위로 해체한다.

시인이 공간을 어떤 경험의 측면으로 파악한다는 것은 동양적 산수화의 관점이다. "추체험(追體驗)을 통한 심리적 현실화"는 산수화의 핵심이다. 서양의 과학적 원근법과는 달리 동양화에서 산수화의 효과는 보는 사람에게 산수 현장의 체험을 전달해야 한다. 『개자원화전(芥子園畵傳)』에서 좋은 산수화는 근접 불가능한 장소를 포함하고 있어야 한다고 말한 점은 이러한 추체험에 대한 요구를 말한다(김우창, 『풍경과 마음』, 생각의 나무, 2006, p. 56, pp. 84~

85 참고). 결국 중요한 것은 일관된 시점이 아니라 보는 사람에게 얼마나 사실적이며 경험적으로 그것을 전달하느냐에 있다.

면을 경험적 현실로 만들기 위해 시인은 선면산수도(扇面山水圖)를 선택한다. 부채를 펼치고, 부치고, 다시 접는 것으로 면을 열어 공간을 체험하게 만드는 것이다. 시 안의 현실에서 부채 안의 공간으로, 부채 안에서 빠져나와 다시 시 안의 현실로, 그리고 다시 시 밖의 현실로 이동하는 넘나듦의 과정을 통해 시인은 경험적 측면으로 파악된 풍경을 보여준다.

삽시간에 조갈 들린 강호(江湖)를 펼쳐,
근심이 잠든 얼굴에
명지바람을 들이게나

켜켜이 시간이 접힌 듯
옛일이 오롯해질 그 순간
천추(千秋)에 접혀 있는
작은 폭포와 거룻배와 초가(草家)와 물동이 인 여인 곁의
삽살개와 늙은 어부 낚싯대에 물린 샛강과
이 모두를 슬몃 끌어안다 놓친 듯 다시 안는 산 둘레와
거기 미처 들이지 못한
정혁(鼎革)의 소쩍새 소리도 털어 나오는 활개,

140

살아 있는 옛날인 듯
옛날이라도 바람을 숨긴
생색(生色)이
맞불어오는 여기 옛날인 듯

이건 홀로 부쳐도
만상(萬象)의 당신이 깨어날
겨울날 소복(素服)을 들추는 손길처럼
겨울날 소복을 어르는 음심(淫心)처럼
나여, 손 떨리는 나여

이 정신의 수전(手顫)은
당신이 주셨는가   ──「겨울 선자(扇子)」 부분

　화선지를 놓고 앉은 두 친구 사이의 대화로 짐작되는 것이 시 안의 현실이다. "눈부시다 드맑다 흰하다"라는 친구가 띄운 운(韻)에 따라, 붓을 든 이는 선면산수도를 생각해낸다. 눈부시고 드맑고 흰한 것은 이차원의 평면에서는 가능한 것이 아니기에, "칸칸이 접히고 좁히고 포개 엊"은 현실을 활짝 펼쳐줄 묘안은 그것을 삼차원으로 열어놓는 것밖에는 없는 것이다. 그래서 부채다. 펼쳐진 부채로 얼굴에 명지바람을 들이는 것은 삼차원을 감각적인 차원으로 확장시키는 것인 동시에 부채 안의 세계로 걸어 들어가 그

세계를 경험하게 할 수 있다.

부채를 펼치고 부치며 바람을 일게 하는 동작의 구분은 시점의 이동으로 이어지는데, 이는 시점을 풍경의 복판으로 옮겨가는 동양화의 다원적 시점, 움직이는 시점을 체험하게 한다(김우창, 앞의 책, p. 72). 우리나라 산수화의 최고봉이라 일컬어지는 안견(安堅)의 「몽유도원도(夢遊桃源圖)」는, 왼편 하단부의 현실 세계는 도원으로 가는 기암절벽의 산길들을 정면법으로 묘사해 시각적 고조감과 그 깊이를 느끼게 한 반면, 오른편 상단부의 도원 즉 환상 세계는 위에서 내려다 본 부감법(俯瞰法)으로 표현되어 보는 이에게 유토피아적 경험을 느끼게 한다(안휘준, 『안견과 몽유도원도』, 사회평론, 2009, pp. 142~49 참고). 기암절벽의 산길들을 따라 꿈속의 안평대군이 도원으로 향했듯, 켜켜이 접힌 부채 안에는 천추(千秋)에 접힌 옛날이 있다. 폭포와 거룻배와 초가, 그리고 그것을 둘러싸고 있는 산의 형상은 마치 안평대군이 꿈에서 다다른 도원의 이미지를 연상케 한다. 특히 "이 모두를 슬멋 끌어안다 놓친 듯 다시 안는 산 둘레"는 시점이 부채 안의 공간으로 완전히 이동해 그 복판 안에서 바깥의 산을 바라보고 있음을 보여준다. 유토피아 경험을 전달하는 것이다.

하지만 이러한 추체험을 경험하는 것으로 시는 끝나지 않는다. 시의 현실로 다시 돌아오게 한다. 그것을 가능하게 하는 것은 "거기 미처 들이지 못한/정혁(鼎革)의 소쩍새 소리"와 그 "활개"다. 부채 안으로 들어가게 했던 명지바람의 입구는 새의 날개바람과 정혁의 소리로 다시 출구가 된다. 이차원적인 시의 평면에서 비상(飛上)하는 새의 날개로 튀어나오는 삼차원은 이번 시집의 한 특징이다. "윗도리에 뮌 먹물들"이 "점점이 먹기러기들로 날아"가며(「먹기러기들」), "검은 손수건에서/흰 비둘기들이 마구마구 활개쳐 나"와 "공방의 깊이"를 느낄 수 있게 한다(「현(玄)」). 이는 원근법적 환영에 대한 파괴이자 풍경을 경험하게 만드는 시인만의 공간 감각이다. 평면의 어둠〔玄〕을 시인의 눈〔目〕으로 어지러울〔眩〕 정도로 눈부시게 만드는 일, 이것이 붓을 든 시인이 그리는 그림의 가장 정점에 있는 것이다. 부채의 바람과는 다른, 새가 만들어내는 혁명과도 같은 정혁의 바람은 추체험으로 인해 원근법적 질서가 완전히 파괴되었음을 보여주는 바람이다. 또한 풍경의 체험에서 다시 시로 돌아와야 하는 깨우침의 바람이기도 하다. 협소한 현실을 활짝 펼쳐줄 유토피아의 공간을 발견했지만, 그 유토피아를 현실로 가져올 때 그것은 진정한 현재적 의미를 가질 수 있을 것이다. 그 유토피아를 시로, 말로 전달해야 하는 것이 시인의 의무이기도 하다.

　그래서 마지막 두 연에서 시는 한 번 더 시 밖의 현실로 그 출구를 마련한다. "옛날"의, "생색(生色)"의 바람을 시로 만드는 것을, 시인은 "만상(萬象)의 당신이 깨어"나는 것이라 표현한다. 그것은 "겨울날 소복을 어르는 음심(淫

心)처럼” 내 정신을 떨리게 한다. 시의 제목은 ‘겨울 선자(扇子)’이고 부제는 ‘자화상’이다. 굳이 필요 없는 한겨울의 부채질은 정신의 조갈(燥渴)과 혹서(酷暑)에 들이는 명지바람이다. 그 바람을 불게 하는 것, 그 활물을 느끼게 해주는 것, 만상의 깨어남과 당신이 왔다는 것을 알려주는 것, 그것이 결국 시인의 자화상이 되어야 하는 것이다. 그래서 시인은 그림의 정점에서 다시 시로 돌아와야 한다. 그 시작은 내 “정신의 수전(手顫)”을 준 “당신”을 불러오는 것이다. 그래서 이제 시인은 다시 시를 쓰기 위한 붓을 든다.

당신이 오다

“당신”은 어떻게 오고, 어떻게 느낄 수 있는가. 시의 한 구절이 시집의 제목이 되기도 한 「이끼」 연작은 이번 시집이 다다른 어떤 지점을 총체적으로 보여준다.

이건 먼 산그늘의 목소리다

〔……〕

다시 깨어날 당신의 가슴 그늘이

아직 습습하게 숨소리를 품었다는 말,

이건 먼 산 이내〔嵐〕의 눈빛이

호랑이 발에 지그시 눌렸다 깨어난 전갈이다

이끼 한 뼘 쓰다듬고 왔다는 말,

너무 크게 숨 쉬면 사랑이 발을 가질까 달아날까

꽃도 부처도 놔두고 온 초록의 적멸보궁이다
——「이끼」 부분

늦춘 걸음은 그늘을 맛보며 오래 번지는 중이라 했다

〔……〕

한끝 걸음을 얻으면 그늘이
없는 사랑이라는 재촉들,
너무 멀리
키를 세울까 두려운 그늘의 다솜,

다솜은 옛말이지만
사랑이라는 옷을 아직 입어보지 않은
축축한 옛말이지만   ─「이끼 2」 부분

　우선, 당신은 이끼다. 그늘에 아무도 모르게 번져 있는 이끼다. 그래서 이끼는 "원경(遠景)을 근경(近景)으로 당겨 보는"(「꼽추 여자 대추 따는 남편」) 시선을 통해서만 발견될 수 있다. "먼 산그늘"과 "먼 산 이내"는 "백년을 걸어"야 하는 곳에 있기 때문이다. 그리고 나는 그것을 당겨 와서 귀로, 손으로, 눈으로 느껴야 한다. 당신이 "목소리" 임을, 호랑이발에 지그시 눌렸다 깨어난 전갈 같은 "눈빛" 임을 알기 위해서는 또 어떤 감각이 필요한 것일까. 그늘[陰]을 들추어 이끼를 느끼는 시인의 감각. 이는 "겨울날 소복(素服)을 들추"고 어르는 "음심(淫心)"(「겨울 선자(扇子)」)과도 같은 것이다. "화강암 보살상"에서 "퇴기(退妓) 할멈"이자 "성모마리아"이며 "눈매 고운 기생"을 찾아내는 "다면체(多面體)"(「입상(立像)」)를 느끼는 감각이어야 한다. 그래서 이끼를 찾아내는 감각, 관음(觀陰)은 관음(觀淫)이 되다가 관음(觀音)이 될 수 있는 것이어야 한다. 이처럼 음(陰)을 들추는 시인의 감각을 두고, 한 시인은 "극빈의 묵묵함 속에도 호사는 있어 마치 실학(實學)의 문장과 닮"았다고 했다(『수수밭 전별기』 박해람 시인 추천사). 어쩌면 실학은 시인의 문장일 뿐 아니라 생래적 감각일지

146

도 모른다. 연암(燕巖)은 "하늘이 명한 바로부터 본다〔自天所命而視之〕" 혹은 "물의 관점에서 나를 보면 나도 또한 물의 하나다〔即物而視我, 我亦物之一也〕"라는 말을 통해 관점의 다중 심화와 상대화를 보여주었다(한국철학사연구회, 『한국실학사상사』, 심산출판사, 2008, p. 196에서 재인용). 연암이 말하는 하늘의 관점이나 물의 관점은, 시인에게 있어서 당신을 나의 관점에서가 아니라 당신의 관점으로 보는 것, 숨어 있는 그늘에서 이끼를 찾아내어 그 안의 또 다른 그늘〔觀淫 / 觀音〕을 보는 것, 그래서 당신을 깨어나게 하는 것이다.

그리고 당신은 또한 사랑이다. 너무 크게 쉰 나의 숨에도, 너무 키를 세운 나의 관심에도 달아날 수 있는 "사랑" 같은 것이다. 시인이 말하는 사랑은 이렇다.

더듬어봐라
사랑은 현물이니
맘에 담아 이리저리 말로 꿰려는 이여,
깨어진 돌비석에 역시 깨어진 당신 이름이여
한 이름 둘로 나뉜 비석 돌에 여전히 흰 똥을 떨구고 가는
새들,
성큼 자라오른 가시엉겅퀴 그림자가
깨진 당신 돌 가슴을 겁탈하듯 한나절 끌어안다 가는 것을
　　　　　　　　　　　　　—「사랑은 현물(現物)이니」 부분

사랑은 현물(現物)이라고 한다. 현상(現象)도 아니고 유물(唯物)도 아닌 현물이다. 사랑은 현상이 아니기에 그 이미지만으로 "맘에 담아 이리저리 말로" 펠 수 없는 것이다. 사랑은 유물이 아니기에 "숨 놓고 얻게 된 푸른 무덤"에 새들이 "흰 똥을 갈기고 가"도 "짧은 영혼"이 남아 "가시엉겅퀴 그림자"가 "한나절 끌어안다" 갈 수 있는 것이다. 즉, 사랑은 추상적인 것도 그렇다고 물질적인 것도 아니다. 눈으로 손으로 귀로 느낄 수는 있되 가질 수 있는 것은 아니다. 실증적인 실학의 사랑이다. 이번 시집에서 전통이나 풍경이 메타포나 무드로 쓰이지 않는 것은 바로 이 때문이다. 그것들에 함몰되거나 그것들로부터 초월하지 않기 위해서다. 그래서 이끼다. "꽃도 부처도 놔두고 온 초록의 적멸보궁"(「이끼」)이다. 꽃같이 지나치게 아름다워 그 안으로 함몰되게 만들어서도 안 되고, 부처처럼 현실을 초월해서 잡을 수 없는 것이 되어서도 안 되기 때문이다. 오히려 사리(舍利)의 적멸보궁처럼 현물로 느낄 수 있는 이끼여야 하는 것이다.

마지막으로, 당신은 말이다. 시인은, 이끼 같은 당신을 만나는 이 현물의 사랑을 "다솜"이라는 옛말로 표현한다. "사랑이라는 옷을 아직 입어보지 않은", 너무 많이 입어 해진 옷 같은 사랑이라는 말 이전의 사랑, 그래서 "축축"하게 손으로 느낄 수 있는 사랑을 말하기 위해서다(「이끼2」). 이 말을 얻기 위해 사랑은 "재촉"이어야 한다. "어서 나를/뽑아내자고 어서 나를/당신께 뽑아 가자고" "나를 재촉하는" 것은 결국 말을 얻기 위해서다(「은수염」). "그늘을 맛보며 오래 번지는 중"인 "늦춘 걸음"은 결국 "한끝 걸음을 얻"어 "다솜"이란 말을 얻어야 하는 것이다(「이끼2」). 시인은 "아무도 모르는 말을 쓰고 싶다"고 한다(「뒤표지글」). 결국 시인이 붓을 들어 글씨를 쓰듯, 그림을 그리듯 시를 지은 것은, 만상의 당신을 말하기 위해, 현물인 사랑을 말하기 위해, 아무도 모르는 말을 얻기 위해서였던 것이다.

말을 얻다

당신을 통해, 음을 들추는 감각을 통해, 현물의 사랑을 통해, 시인의 말은 얻어졌는가. 여기 음심(陰心/淫心)을 들추어 얻어진 말이 있다.

연적을 젖 모양에 비유하다니,
나는 차라리 늙은 창녀의 늘어진 납작한 젖가슴을
벼루젖이라 부르려다 그만두네

하늘이 가난한 성욕에게 허락한 벼루 같은 그녀의 젖,

적막한 외딴 손들이 먹돌처럼

거길 어르는 것도 치성이라서

나는 아직 살냄새가 묵향보다 종요롭고

—「오늘의 문장」부분

이 시는 법정 스님의 한 수필에서 시작된다. 스님은 늦가을 개울물에 벼루를 씻으며 자신 안에서 "은은한 묵향이 배어나오는 것" 같은 편안함을 느끼고, 모든 살아 있는 것이 하나의 흐름으로 이어져 있음을 깨닫는다(법정, 「개울물에 벼루를 씻다」, 『오두막편지』, 이레, 2007, p. 145). 그늘을 들추는 스님의 관음(觀陰)이 관음(觀音)의 깨달음으로 화하는 순간이다. 그러나 나의 관음(觀陰)은 관음(觀淫)에 가깝다. 나는 벼루 대신 새벽 욕실에서 양물을 씻고, 늙은 창녀의 가슴을 얼러야만 말을 얻을 수 있다. 시인의 내면은 묵향이 배어 나오는 것 같은 향기만을 지닌 가슴일 수 없고, 산속 개울에서 벼루를 씻을 만큼 세계를 초월해서 존재할 수도 없다. 오히려 "풍진(風塵) 세상을 앞서 사사(師事)했다는 새삼스러움"(「첫눈을 밟고」)을 느껴야 한다. 시인의 시는 체액과 살냄새에서만 얻어질 수 있는 것이다. 또한 붓은 그 하나만으로 쓰일 수 있는 것이 아니다. 붓의 흔적을 보여줄 먹과, 먹물의 농도를 조절해주는 연적, 먹과 물을 갈마들게 해주는 벼루가 있어야 한다. 시도 제 혼자 쓰일 수 있는 것이 아니다. 늙은 창녀의

"벼루 같은" 젖과 적막한 외딴 손들이 "먹돌처럼" 만나야
"치성" 같은 말이 얻어질 수 있는 것이다. 그래서 시인에
게는 "아직 살냄새가 묵향보다 종요롭"다. 관음(觀淫)에
서만 관음(觀音)이 얻어질 수 있는 것이다. 그래서 시인에
게 "오늘의 문장"은 현물의 "젖"이다.
　여기 현물로 얻어진 말이 있다.

　　무엇에 베였는지
　　약지 끝에 피가 났다가
　　아물어갔다

　　〔……〕

　　온몸으로
　　피가 고민하듯 아물어간 게
　　만년 굳히고 굳힌
　　피의 말이 있었겠다

　　굳이 피를 봤느냐, 말을 얻었느냐
　　묻지 않았으니
　　요령부득이 울퉁불퉁, 즐겁다　　　　──「석물(石物)」 부분

　시인은 석부작(石附作)을 만들려고 데려온 돌덩이에 파

인 홈을 보며 "피의 말"을 얻는다. 돌이켜보면, 그동안 시인이 이어왔던 시의 세계는 말이 되어야만 아물 수 있는 상처와 말이 되기 위해 베이고 벤 수많은 상처 들로 이루어져왔다. "저 시퍼런 무밭을 지나면/내 안에/칼 한 자루 가지고 싶어진다"(「무밭을 지나며」, 『아껴 먹는 슬픔』)는 첫 시집의 서시는 그의 시의 기원이 어디에 있는지 보여준다. 마음속의 칼로 무밭이라도 베어야 할 것 같은 슬픔과 고통의 그림자는 이어지는 그의 다른 시들에 잔영을 드리운다. 이후의 시집 첫머리들에서도 여전히 "턱밑에 난 칼자국" 위로 또 한 번 "쓸쓸한 웃음이 파"이는 고통(「벼루를 깎다」, 『교우록』의 서시), "잘 벼린 부엌칼"로 다른 존재의 "멱 속으로 들어가 붉은 멱을 감고 나"와야지만 "싸락눈 한 홉" 같은 시를 뱉을 수 있는 존재론적 슬픔(「도살(屠殺)」, 『수수밭 전별기』의 두번째 시)이 깔려 있다. 여전히 시인의 시작(詩作)은 "무엇에 베였는지" 피가 나는 손가락에서 시작한다. 그러나 베인 손가락에서 피가 나고 아무는 동안 어떠한 "발설(發說)도 없이" 그것을 견딘 자신이 "기특하다". 여전히 갈피를 잡지 못해 "요령부득"이고 매끈하지 못해 "울퉁불퉁"하지만, 피의 말을 얻는 과정이 "즐겁다"고 말한다. 그리고 그것은 돌에 꽃이 피는 석부작이 되지는 못해도, 그 자체로 살아있는 "석물(石物)"로 활물의 시가 된다.

　결국, 시인이 얻고자 하는 활물의 시는 이런 것이 아닐까.

초록이 우북해졌다

꽃이 진다는 말을 잎사귀로 가리고

꽃들이 숨는다

〔……〕

눈에 지는 몇 꽃은

그래도 숨는다 말꼬리를 흘리며,

〔……〕

떠날 꽃 떠도는 꽃에 울음도 가벼운

노회한 삵이

초승달 같은 발톱을 숨겨 든단다   ──「삵」 부분

　시 안의 존재들 즉 시인과, 말과, 꽃과, 삵은 제각기 각
자의 질서로 움직이며 자신의 정위를 지킨다. 시인은 말한

다. "꽃이 진다"고. 이 말은 스스로 살아서 꽃에게 전달된다. 꽃은 이 말을 "잎사귀로 가리"고 "말꼬리"까지 "흘리며" "숨는다". 그래도 꽃은 질 수밖에 없다. 대신 그 자리에 노련하고 교활한 "삶이" "숨겨 든"다. 시인도, 말도, 꽃도, 삶도 어쩔 수 없는 소멸과 생성의 질서다. 그리고 그 모든 질서를 "든단다"라고 전달할 수밖에 없는 것이 시다. 하지만 그것들 각각을 각자의 정위에서 활물로 꿈틀거리게 만드는 것은 시밖에 할 수 없는 일이다. 이 소멸과 생성의 질서의, 궁극 혹은 시원에 있는 삶. 어쩌면 싹이나 삯이었을 초록의 시작을 시인은 아름다운 눈썹을 닮은 달이나 분홍색 손톱의 생기로 묘사하지 않는다. 오히려 맹수의 공격적인 발톱을 숨기고 있는 것이 이제 막 시작된 초승달 같은 생명의 본질이라고 말한다. 그리고 그것의 활물성과 존재론적 춤은 쿰쿰한 옛말로 표현된 야생의 "삶"에서만 느낄 수 있다. 그래서 시인의 서정은 아름다워지려 노력하지 않는다. 야생과 천연을 활물로 전달하는 서정이려 한다. 현물의 사랑이 각각의 활물을 깨워 소멸과 생성의 질서 안에서 말을 살아 있게 만드는 것, 그것이 서와화를 거친 휘호(揮毫)의 시가 다다른 지점일 것이다. ▨